JN188459

俳句読本

高浜虚子

河出書房新社

序

日本がもっともっと偉い国になって西洋人が挙って日本の文芸を研究するという時代が来たならば、日本に花鳥諷詠詩たる俳句というものがあるということを知って非常な驚きをなすであろう。春夏秋冬の移り変りによって起る諸々の現象をあらゆる方面、あらゆる角度で詠い来った数百年来の俳句というものには、歌麿、広重、能楽、歌舞伎等に驚嘆する以上に驚嘆するであろう。我が花鳥諷詠詩は日本の国土と共に今後愈々光輝を増すものと思う。

昭和二十六年九月十一日

鎌倉草庵にて

高浜虚子

俳句読本 ◉ 目次

装幀――隈阪暢伴

俳句読本

一　俳句論

俳句は文学である

　俳句もまた、文学であると云う事は正岡子規が言い初めたものであります。明治の初めに西洋の文学が日本に輸入されるようになりましてから、この文学と云う言葉が大変な権威を持つようになりました。それ迄は俳句などは風流韻事だとは心得て居りましたが、文学と云うべきものか、云うべからざるものか、そんな事には一向無知識でもあり、無頓着であったのであります。つまり、俳句というものは一切俳諧師の手に在ったのでありまして、その俳諧師、即ち俳句の宗匠なるものは、その俳句と西洋の文芸との交渉には一切無頓着であったのであります。そこへ正岡子規が出て参りまして、俳句もまた文学である、と云う事を云った。これは極めて当り前のことを云ったのでありますが、併しその当時は俳句が俄に高く評価されたものの如く感じて、皆驚きの目を瞠ったものであります。が、爾来四十年、今日になっては誰もそれをあやしむものはありません。

　唯今申しましたように俳句は文学でありますから、普通文学というものの備えておる性質はこれを具備しておるのであります。即ち、文学は理屈を述べるのでもなく、数字を並べるものでも無く、畢竟人間の感情を詠うものである。これは動かす事の出来無い文学の定義であります。俳句もまた文学でありますから、やはり感情を詠うものである事は自ら明らかな理であります。併しながら春夏秋冬の季題と申しまして春夏秋冬の種々の現象を詠ずるものになって居りますから、その感情を詠うにしましても、春夏秋冬の現象を通して詠う、即ち季題を外にして感情許りをむき出しに詠うことは出来無い。必ず季題というものがその感情に伴ってくる、こういう特別の約束の許に在ります。その事は後に詳しく言います。

俳句は詩である

　文学のうちに散文と韻文との区別があることは文学論の初歩が私達に教えてくれるところのものであります。韻文というのは広義にいう詩のことでありまして、これは大概一定の詩型を持ったものであります。我国の実例に就てこれをいえば謡曲、浄瑠璃の類は長篇の詩といってよかろうと思います。短い所になりますと都々逸、端唄、俚謡、船歌、和歌、俳句の類がそれであります。

　この詩というものにも色々議論がありまして必ずしも一定の型を備えなくてもよい、ただ内容が詩であれば形は散文であっても差支えないというので散文詩ととなえるものもあります。しかし大概七五の調子に乗ったものが多いのであります。日本の韻文となりますと、西洋や支那のように韻をふむということが出来にくい国語でありますから韻の代りに律といいますか、調子に乗ったものということが詩の型の要素になっています。謡曲でも浄瑠璃でも七五の調子に乗った文句で出来上がっています。

和歌は五七五七七が規則でありまして俳句は五七五が規則であります。

俳句は五七五、即ち十七字ということが型の上では鉄則となっています。その十七字というのは五七五の三つから成立っておりまして、やはり立派な律語であり、韻文であり、詩であるのであります。

俳句は抒情詩である

文学論は詩を戯曲、叙事詩、抒情詩と区別しております。俳句はその中でどの分類に入るべきかと申しますと、まず抒情詩という分類に這入るかと考えます。

しかし詩というものはもともと「志」でありますから凡て人間の感情を土台にしたものといわねばなりません。戯曲にしろ、叙事詩にしろ、作者の感情が土台になっていないものはないのであります。だから厳密にいえば詩というものは悉く抒情詩であるといってもいいのでありますが、ただその中から戯曲という一つの形を備えた詩、並びに叙事詩という或る種類の詩を抜き去ってその後に残ったものを抒情詩と呼んでいるのであります。抒情詩という中に属しておるものは客観の叙述は少くして主観の叙述の多いものをいうようになっているのであります。

俳句は季題を詠ずる文学でありますから季題を描写することが多くて感情を詠うことは少ないのでありますからこれを抒情詩という中におくのはおかしいのでありますが、しかし戯曲というものと叙事詩というものとをぬき出して見てその後にのこったものを抒情詩とするとなると、俳句は戯曲にも這入らず、叙事詩にも這入らぬものですから致し方なしに抒情詩の中にとり残されるようになるのであります。だから一応抒情詩として置いて差支えなかろうと考えます。

詩
- 戯曲
- 叙事詩
- 抒情詩
  - 俳句
  - 和歌その他沢山のものがある

俳句は叙景詩である

さて俳句はどういう性質の詩であるかと考えて見ますと、これは人間の感情を土台にしたものではあるが、ただ悲しいとか嬉しいとかいう感情のみを詠うのではなくて、春夏秋冬、四時の移り変りの現象を描写して、それによって作者の感情を人に伝えるという性質のものであります。だから一応抒情詩の分類に入れはしたが、前の如く戯曲、叙事詩というものを広い意味の抒情詩から取り出して独立さしたのと同じ様な意味で、これを抒情詩の中から抽(ひ)き出して、別の名称を与えれば与えられる性質のものであります。明治三十年頃私はこれを叙景詩と呼んで見たのであります。誰の文学論にも叙景詩という言葉はなかったのでありますが、四五年前に見ました或る文学論にはこの叙景詩という言葉が採用してあるのを見ました。その文学論には詩を分類して、戯曲、叙事詩、叙景詩、抒情詩となっているのでありました。

- 詩
  - 戯曲
  - 叙事詩
  - 叙景詩
    - 俳句
    - 和歌等にも少しある
  - 抒情詩

俳句は花鳥諷詠詩である

が、その後考えて見ますのに、俳句は単に風景を詠ずるというのではなく、その主眼とする処は、春夏秋冬の移り変りによって起って来る自然界、人事界の現象を諷詠する文学であるのであります。この春夏秋冬の移り変りによって起って来る現象を古来花鳥風月の四字で代表さしているかと考えます。芭蕉も「花鳥に心を労する」という言葉を使っております。花鳥に心を労するという言葉を味わって見ますと、それは春夏秋冬の現象に心をとめてそれに苦労をするという意味であります。苦労をするという意味はそれに没頭して身心を労(いたわ)らすという意味であります。私は前に叙景詩という言葉を使いましたが、それでは何処(どこ)となく物足りなく感じられる処から、この頃は花鳥諷詠詩という言葉を用いはじめました。

俳句は花鳥諷詠詩なり、というのであります。

俳句は詩の分類では一応抒情詩に属するものといっていいのでありますが、しかし、西洋あたりでいう抒情詩というものとは大変趣を異にしておりまして、四時の風物を詠って、それによって情を運ぶという特別の詩でありますから、それを普通の抒情詩と見ることはやや不穏当な感じが致します。だから叙景詩という言葉を使用してもようございますが、それよりも一層進んで、俳句本来の性質を道破した花鳥諷詠詩と呼ぶことが俳句の為には最も穏当な称呼だろうと考えるのであります。

- 詩
  - 戯曲
  - 叙事詩
  - 花鳥諷詠詩
    - 俳句（殆ど花鳥諷詠詩を代表しているものといってもいい）
    - 他にも少しはある
  - 抒情詩

何故そんな分類をやかましく言うか

何故私がそんなことをやかましくいうのか、俳句は抒情詩だと簡単に言ってしまったのでさしつかえないではないか、という議論があることと思いますが、私が叙景詩という言葉を用い、またこの頃花鳥諷詠詩という言葉を創り出し、俳句の性質を闡明しようと常に心掛けているということには理由があるのであります。

それは次の俳句の歴史を説く所でも述べておるように、元禄、天明、明治等の俳句の隆盛期には必ず大いなる眼を春夏秋冬の自然現象の上に瞠って観察の透徹することを志すという傾向が著しいのであります。それが一旦支麦時代、月並時代という堕落時代になりますと自然現象の観察ということにはとかくお留守になって、自然現象はありふれたものですまして置いて唯作者の感情で綾を附けるということが主になるという傾きが顕著なのであります。それは独り俳句のみでなく、他の文芸、美術等に至っても同じ傾向でありまして、その文芸美術の隆盛期には必ず自然の研究が旺盛であって、衰頽期には自然現象を疎かにして唯作者の感情でこれを糊塗する、という傾向が多いのであります。俳句は抒情詩なりと考えることはとかくこの自然現象を疎かにして自己の感情にのみ依頼し、小主観を詠えば事が足りるという傾向になりたがるのであります。これに反して俳句は叙景詩である、もしくは花鳥諷詠詩であると考えることは自己の小主観にたよらず自然現象の研究を命とする傾きが多くなって来るのであります。俳句を抒情詩なりと解するものと花鳥諷詠詩なりと解するものとは何れも俳句の一面を明らかにしている議論でありまして、共にあやまれりとすることは出来ないのでありますが、しかしながらそのはじめの解釈如何によって遂には千万里の差を生じ、月並俳句にも堕するおそれがある処から、私は俳句は抒情詩なりとする説にはあきたらず、俳句は抒情詩の圏外に在って叙事詩と肩を並べる花鳥諷詠詩であると見ることを以て俳句の為に正当なる分類と考えるものであります。

風流とか風雅とか花鳥風月とかいう意味の言葉は沢山世間に存在しておりますが、花鳥諷詠ということ——それは再び言うが、春夏秋冬の移り変りによって起って来る自然界、人事界の現象をいうのであります。このことはくどいようであるが繰り返して言っておかないと誤解をうけるおそれがあります。ただ花と鳥とを詠うという意味ではない、花鳥という二字によって四季の移り変りのあらゆる現象を代表さした言葉なのであります——は世間に気のつかない人が多いのであります。

俳句の存在は文学論の詩の分類に特に叙景詩もしくは花鳥諷詠詩という一項目を態々(わざわざ)設けるほどの価値があると考えるのであります。

花鳥によって感情のやり場所を見出す

この俳句は花鳥諷詠詩だということは俳句は季題を諷詠するものであるという俳句根本の原則に基づくものであります。四百年の昔、もっと遡って連歌時代からその発句——即ち今日でいう俳句——には必ず季題というものが諷詠されておった、この季題は古来からやかましく論じて来られたものでありますが、それは要するに春夏秋冬の移り変りの現象に重きを置くという祖先伝来の思想に基くものでありましょう。その季題は歳時記という書物に編まれてあります。その書物を開けば一見明瞭なように出来ております。

その季題を諷詠することによって人々の感情のやり場所を見出すものが即ち俳句なのであります。人には誰にもおさえきれぬ感情があって、これをうちに秘めておいたならば懊悩を増すばかりでありまして、何かはけ口を求めてこれを吐き出さねば承知が出来ないのであります。これを長大なものにしようとすれば戯曲となりまた長篇の抒情詩ともなるのでありましょうが、これを小さい詩によって現わそうとすれば叙事詩となりまた長篇の抒情詩ともなるのでありましょう。これを小さい詩によって現わそうとすれば和歌となり俳句となります。和歌は主として本当の抒情に適するのでありますが、それを俳句によって現わそうとする場合は四季の風物に托して現わすのであります。この四季の風物に托して現わすということが俳句の特色であって特に花鳥諷詠詩の名のある所以(ゆえん)であります。

季題というものの世界が目の前に展(ひら)ける

或る文学論に引いてあるアーノルド・ベンネットという人の言葉は大変面白いと思います。それはこういう言葉であります。

文学というものは人間の世界に対する関係を全然変化させるとこういう言葉であります。これは一般の文学についての言でありますが、文学の一種類である俳句にこれを当て嵌めて申して見ることも出来ます。

このベンネットの言ったことは、人間に神を見出そうとする人のものを読むと成程(なるほど)左様の人生もあるものかと新たに目が開けたような感じがするし、人間に悪魔を見出そうとする人のものを読むと成程左様の人生もあるものかと新たにまたその方に眼が開けたような感じがするし、またただありのままの世相を描いたものを読むと、それを読んでからは平凡人の一挙一動にも気をとめて見るというようになる、つまり文学は人の世の中を見る目を養い且(か)つ変化さするという力を持っておる、とまあこういった意味であろうと思うのであります。俳句について言って見ると、俳句を作りはじめると、芭蕉の見た人生はかくの如くであったと世の中を見直して見る気になるし、一茶の見た世界はまたかくの如くであったとこれまた世の中を見直して見る気がするし、また蕪村の見た世界はかくのような世界であったとまた世の中をふりかえって見るというようになるしするのでありますが、それよりもまず第一に季題というものの世界が目の前に展(ひら)けて来まして、今迄気の附かなかった、春、夏、秋、冬の種々の感じがはじめて強く心に印するようになって来ます。豁然として春夏秋冬の諸種の現象が非常な強い光りを持って眼の前に現われて来るような感じがします。今迄見て居った世の中とは全く別の世の中が開けて来たような感じがします。その点に於て救われたような感じがします。

伝統文学として常に新たなる事を

近頃もぼつぼつ俳句界に新運動らしいものが起りつつあるようであります。新しい人々の新しい運動ということには私も同感を持ち得る一人であります。のみならず大方それらは私も一度は自分でやろうと経験したことでありますが、しかし俳句は十七字、季題という鉄則に縛られていることに気がついて、そこに俳句の面目があるのであると考えて翻然として悟ったような次第であります。例えば、それは新しい運動というべき程のものではないのでありますが、「や」「かな」という切字なども陳腐だということを昔は私もよく言った。而(しか)し決して陳腐なものとして排斥すべきものでなく、そこの所を翻って考えて見なければならんと近頃は熟々(つらつら)考えておる次第であります。この古典文学である俳句を徒らにつつき廻したり、ひきずり廻したりしようとするのはよくありません。新しいことがしたければ文学の天地は広い、その広い自由な天地にあって新しい形を求めて縦横の麒足を伸ばすがいいのでありまして、その自由の天地に立って今まで人のやらなかったことをやる、それこそ男子として愉快な仕事ではありますまいか。それにそういう仕事をやろうと考えないでこの伝統的な俳句という範囲内でしようとするのは根底の考えが間違っていると思います。俳句は俳句としておいて他にいくらでも新天地がある、そこに進み行くべきだと思うのであります。例えば、俳句と和歌とを近づけようとする運動の如きも実に卑屈なこせこせした話でありまして、それは和歌を俳句よりもすぐれたものとするという前提を置いてやることでありまして、誠にみっともない運動だと思うのであります。俳句には和歌にない特色がちゃんとあるのであります。俳句は俳句として独自の地歩を保っている所に強味があるのであります。また和歌俳句各々その分野を守って行く処に我日本文学として各々存在の価値があるのでありまして、俳句を率いて他の文芸に近づかしめようとする運動は遂には俳句をして他の文芸の下に置こうとする誠に見っともない唾棄すべき運動であります。

明治年間に正岡子規が出て来てやった仕事も俳句界の新運動でありましたが、それは新運動といっても俳句の復古運動でありました。俳句を芭蕉、蕪村の昔にかえそうという運動でありました。大変新しいことをしたように世間では諒解されていますがそれは全く復古運動でありました。子規が歿してから今日まで三十年、それからいくらか新境地を開拓しつつ今日まで来たのでありますが、しかし要するに俳句というものは古典文学でありまして、新境地を開拓するといった処で、季題、十七字という鉄則に縛られている以上、花鳥諷詠の範囲を出ることは出来ません。またそれでいいのでありまして、そこに俳句存立の意義があるのであります。新傾向運動の如きはその季題をもなくし、十七字をもこわそうとする運動でありました。そこに根底に大いなる無理がありましたから、それは直ぐ勢力の弱いものとなりました。古典文学といっても伝統文学といっても、決して陳腐ということではありません。古典文学、伝統文学として常に新たなるところに面白味があるのであります。花鳥諷詠ということは俳句として千古変りのない所のものでありまして、そこに俳句存立の意義があるということを、ここにはっきりと申し上げて置きます。

例えば都会美、機械美の類でも

この頃俳句で都会美を詠わなければならんという説があります。都会美も結構です。そこに季題がありさえすれば都会美もどしどし詠うべきです。要するに季題が問題です。季題が無い都会美を詠おうとしてもそれは俳句では出来ません。

また新しい俳句は機械美を詠わなければいかんという説がありますが、これも同じようなことがいえます。そこに季題がありさえすれば機会美もどしどし詠うべきです。季題の無い機会美を詠おうとしてもそれは俳句では不可能です。

季題のあるところにはいかなるものにも俳句はあります。如何なるものも季題のないところには俳句はありません。

俳句は花鳥諷詠の文学であります。

絶えてなくして稀にある文学

花鳥諷詠の文学としての俳句は絶えてなくして稀にある所の文学でありまして、他の和歌等にもそういうものがないことはないが、しかし専門的に俳句がこれに携っておるということはすこぶる面白い存在といわねばなりませぬ。日本に於てもそれを専門的にやっているものは俳句あるのみであるが、また世界を通じて独り俳句あるのみといって差支えなかろうと思います。されば俳句は全世界を通じて特異な存在であるのであります。

日本人は皆詩人である

日本人は大抵詩人であると云っていいと思います。実際西洋人に比べて見ますというと、どうも日本人の方が風流気が多いようであります。尤も自分の苦悶を詠おうとか、生活の脅威を訴えようとかいう深刻な文芸になりますと西洋人の方が日本人より発達して居るようであります。そういう深刻な思想は西洋人の方が持っていまして、自然それが文芸にも現れるのでありますが、併し私のいう、日本人は大概詩人だと云うのはそれとは異った意味で、二階住居にも朝顔の鉢を並べることを忘れなかったり、倒れかかっているような草家にも七夕竹を立てることを忘れなかったり、夕顔棚の月を賞美したり、夕焼の野道に佇んだり、そういう心のゆとりの有る、また、それを見て居る中に何と無く心に湧き立って来る或る物が有るような感じを持っているものは日本人でありまして、その点は慥に日本人は西洋人より発達して居ると思うのであります。日本に俳句というものが有りましてその俳句を作る人は殆ど日本の人口の百分の一であると私はよく戯れていうのでありますが、そういうように無数に沢山の人が有るというのは畢竟この日本人の性質に基づくものであろうと思います。俳句は、これを作りこれを指導する人が有るにはあるが、併しそれらの専門家で無くっても一般の人が自から詩人となって、その詩のハケ口を見出したものが我が俳句となるのだと思います。

寒来暑往秋収冬蔵

俳句は花鳥諷詠の文学であると云う事を申しましたが、そう云う態度に馴らされて来た人々が、どういう人生観を抱くようになるか、花鳥のみならず、世の中を打眺め、この世の中に処して行く上に於てどう云う考えを持つ様になるか、と云う事を考えて見ましょう。

まず芭蕉という人はどうであったか、これは前に、人間に神を見出す部類の文学者のうちに入れましたが大別すればまあその部類に這入るであろうと思うのであります。要するに芭蕉は仏教の影響が多く、寂滅の相を人生に見るといったような傾向が多うございました。それから蕪村はどうであったかと申しますと、この人には飄逸風興というような俳人には共通ともいうべき性質が多分にありました。従ってこの人生を興あるものと眺めたという傾きが多いのであります。それから一茶はどうかと申しますと、彼は決して人生を謳歌しなかった。人生に対して不平であった。が、不平であったといっても、つきつめた不平でなく、中途で諧謔に変化するといった腰の弱い不平家であった。まあ古来の俳人の多くはこのいずれかに属するといっていいでありましょう。

が、それはめいめいの傾向を言ったのでありまして、その異った部分を強いて拾い出せばそういう傾向があるというのでありまして。以上の三人も俳人に共通した或る性質があります。その性質を考えて見ますと、やはり花鳥諷詠という俳句の特質から来ておると考えるのであります。それはこの世の中をあるがままに見て、安んじて行くというような傾向があると思うのでありますす。それが外の文学者と多分に変っておるところだと思います。

殊に正しき意味の花鳥諷詠を念としている私共にありましては、芭蕉の寂という字に片よることもなく、蕪村の興という字にくみするところもなく、一茶の偏にも賛同することも無く、唯世の中を如是と見て、在るがままにあると観じて、自然と共に居るという心持が強いのであります。

これをもっと詳しく申しますと、こうであります。

時候というもの、春が来、夏が来、秋が来、冬が来、この変化、寒いのがだんだん好適の時候になって来たかと思うと忽ち酷熱の時候になり、それがまた、暑さがだんだん退いて来て再び好適の時候になるかと思うとまた、厳寒が襲うて来る。そういう時候の変化に処してどういう態度でそれを諷詠するかと云うと、その好適な時候、春とか秋とかいう時候になって種々の愉快な現象にぶっつかって、それを諷詠することは固よりであるが、その酷暑厳寒の時分にあっても、暑さに喘ぎ、寒さにちぢかまることは普通の人の如くではありますが、また他の反面にはその暑さを諷詠し、その寒さを諷詠する、即ち襲い来る暑さ寒さはこれをどうする事も出来ない、唯、在るが如く在るという観念が根柢にあります。こういうと「あきらめ」に似ていますが「あきらめ」

は消極的である。諷詠するのは讃美の意味であって積極的である。そうして春夏秋冬のもろもろの現象を諷詠してゆくと云う事に馴らされて居りますというと、それが人世に対しても何時(いつ)の間にか知らず識らず同じような考えを持つようになって来て、浮世の荒波が、おっかぶさるように私どもに迫って来ても、それは酷熱が押し寄せて来、厳寒が押し寄せて来たのと一般と観ずるようになる。しかし意気地なく泣き寝入りになって仕舞うと云うのでは無い、それに対して反抗すると云う気力は持って居る。丁度酷熱の時分に暑さを払う為に種々の設備をしたり、厳寒を凌(しの)ぐために種々の設備をしたりするのと同じ事で、その大きな荒波が押し寄せて来た場合は抜き手を切って泳ぐことも敢えてするのであるが、併しその場合でも心のゆとりを持って居ると云う事は平常花鳥諷詠ということに馴らされているが為めであります。自然その浮世の荒波に徒(いたず)らに動揺されない、と云う性質も養われて居ることと思います。即ち、在るように在ると、世の中を如是と静観するという性質が養われると思うのであります。彼(か)の千字文にある「寒来暑往秋収冬蔵」という文句、この文句は四時の変化が常に我等に起り来ることを言い、その四時の変化は堰(せ)き止めようとしても堰き止めることは出来ない、その四時の変化に処して、秋は穀物を刈り入れる収穫の時期であり、冬はそれを蔵の中にしまい込んで置く時期であると、そういう風に四時の変化に処して安んじてその命令する通りに行動する。即ち天命に安んずるというそれが秋収冬蔵であります。そういう心持、それがやがて花鳥諷詠の精神であると思います。

正しい意味の花鳥諷詠にひき戻さなければならぬ

季題ということは、かえすがえすも俳句に於ては大切なことでありまして、季題を藉(か)りて、季題を通して、感情を詠うものが俳句であると云うことが根本の出発点であります。俳句というものが初まってから、四百年になりまして、その間には種々の変遷が有りはしますが、要するに季題を詠ずるという事は終始一貫した事であります。只、その中に著るしく感情の現れたもの、景色を叙しながらも景色というものはほんの添え物になって作者の感情の強い輝きが主となっているもの、そういうものも有ります。また、感情というものは、ずうっと蔭になって仕舞って、季題の描写が主なものになっている、と云うものも有ります。いろいろでありますが、何(いず)れにしましても感情というものが中に働いて、景色というものが外に現れているということには変りは無いのでありまして、これは四百年の俳句を通して一貫した性質であります。他の文学になりますと、季題なんかを問題にしては居りません。大概人間を題材として居るものでありまして、また、人間の心をむき出しに詠って居るのが多いのでありまして、恋とか、権力とか、闘争とか、悔悟とかいう種類のものを描くとか、天に叫び、地に悲しむ痛烈な叫びの声を挙げて居るものとか、いう種類の文学が多いのであります。多いというよりも寧(むし)ろ、そういう文学のみである、と云ってよいのであります。そういう文学の中に、季題というものを大事なものとして居て、感情を詠うにしても季題というものを透して詠うと云う、一種風変りな特別な文芸である我が俳句と云うものが有るという事は、決して俳句が他の文学にけおされて居ると云う事でなく、全く特別な文芸として、特異な存在であるとして寧ろ誇りを持たなければならん事と考えるのであります。春夏秋冬の種々雑多の現象を、花鳥風月という文字で代表せしめ、更にこれを花鳥の二字に約(つづ)め、その花鳥諷詠という事が俳句の特色をよく説明して居る言葉だと思って、花鳥諷詠という事を申して居るのであります。花鳥諷詠という四文字は、私が初めて遣(つか)った言葉でありますが、これは決して新しい言葉ではない、芭蕉も花鳥風月という言葉をよく使って居るし、その他の俳人も同じ様な意味のことを言って居る、だから花鳥諷詠という言葉は、昔から今迄の俳句の一貫した性質を云い現した言葉であって、特に私が自分の説を主張する為に言ったというような、その本来の意義に悖(もと)らないような俳句を作らなければならんと云う事を、私は附け加えて申します。今迄四百年の間の俳句は悉(ことごと)く花鳥諷詠でありはするが、まま花鳥諷詠の精神を忘れて、脇道に外(はず)れようとするものが有る。また、外れると云う程では無いにしても、正しくない花鳥諷詠を敢えてして居ったと云う者も無いことはない、それを正しい意味の花鳥諷詠に引き戻さなければならんと云うのが、私の主張である。正しき意味の花鳥諷詠というのは、作者の感情を中(うち)に深く蔵して居って、季題を諷詠する、季題が躍如として描かれて居るのが表面ではあるけれども、裏面には作者の感情が潜んで居る事が明白に看取される、と云うようなものが一番正しい意味に於ける花鳥諷詠であると考えて居るのであります。芭蕉でも蕪村でも良い句になると、大概只今申しました、花鳥諷詠の真っ只中を行って居る俳句であります。

俳句は十七字詩である

も一度繰り返しますが、和歌は三十一字であってその上の句が十七字であり、下の句が十四字であります。和歌が連歌となり俳諧となり、その発句の十七字が独立して俳句となりました。だから俳句は十七字であります。これは歴史的に明白な事実であります。この事実をどう曲げることも出来ません。

しかるに十七字はもう陳腐だから十七字でない俳句を作るという人があります。それは俳句でないものを作るのであります。それを俳句と僭称しようとしてもそれは問題外であります。

十七字というのは詳しく分ければ五字七字五字であります。五音七音というのは日本韻文の基調であります。五七五というのはその五音七音の結びついて一つの詩形をなし得る最も簡単な形であろうと思います。これも四五百年続いて来て容易に揺がない日本語の特質であります。

切字

俳句は短い文学でありまして、文学の中で最も短い文学であると云ってよいのであります。その短い文学のうちで、感情を述べ、季題を諷詠しようとするのでありますからして、複雑な景色や感情を叙そうとしても、それは出来無い相談であります。だからその景色や感情を出来るだけ単純にして、出来るだけエッキスにしてこれを叙する必要が起って来ます。また、それに伴うて出来るだけ文字の無駄を省いて、出来るだけ文字を少なくしてこれを叙すると云う必要も起って来ます。

俳句に大切な切り字と称えるものが出来て来たのも、またその必要から起って来たものでありまして、切り字はまあ終止言と思えば間違わないといっていいのでありますが、終止言という意味ばかりでは無く、文字を省略する為に、重大な職務を背負わされて居るのであります。殊(こと)に「や」の字の如き切り字は余程複雑な意味を持って居るのでありまして、例えば、

古池や蛙(かはづ)とびこむ水の音

の如きも、その古池の景色も大方こんな景色であろうと云う、各々の頭に想像が付くだけの余地を与えるという働きを持っていますし、それからまた、その古池の感じをも、めいめいの頭で呼び起こすだけの余地を存しています。つまり古池！ というような、この古池なる哉、とでも云うか、その古池というものを呼び出して来て人の心に印象付けると云ったような、そういう大変な力を持って、この「や」は独りで飛躍しているのであります。尤(もつと)もそれは、古池というばかりではなく、「蛙とびこむ水の音」と云う十二字もこれらの想像に関係して居ることは勿論ではあるが、併しその句全体から来る感じも、この「や」の一字に集中して、全体の句から受ける力が再び「や」の字に戻って、その「や」の字がもう一度飛躍をすると云ったような働きをするのであります。

この「や」の字の如きは、俳句に於てだんだん養われて来た特別の意味を有する言葉でありまして、口でいえば古池がありますぞよ、古池ですよ、その古池に蛙がとび込みました、水の音がしました、とこういう意味、即ちこの「古池がありますよ、古池ですよ、その古池に」という意味、もっと複雑な意味がこの「や」の一字に性質づけられて来たものと云うべきでありまして、

これは俳句が文字を省略する必要から自然々々に起って来た処のものであると考えるのでありまず。この文字を省略すると云う事は、取りもなおさず感情、景色を単純化するという事でありまず。その結果は素朴、端的というような性質を備えて来て、俳句を作るものは虚飾を憎むという性質が、自然々々の間に養われて来ます。これもまた、当然来る処の結果であると云わねばなりますまい。併しまた、往々にして粗野とか、粗笨とかいう悪い性質のこれに伴うて起ることが有るのも見受ける処でありまして、その点は注意しなければならないところであります。

それから俳句はまた、小さい文学であります。小さい文学であると云う事は質の上でいうのでは無くって、量の上でいうのでありまして、質から云ったならば、芭蕉の一句は近松門左衛門の数千万言の浄瑠璃の文句と、その価値に於て匹敵もし、もしくは上に位するとも云えるのでありますが、併しながら量に於ては極めて小さい文学であると云う事は止むを得ないのであります。だから大景を詠ずるには不適当な文学でありまして、小景を詠ずるに適当した文学であります。尤も、

荒 海 や 佐 渡 に 横 た ふ 天 の 川

と云った句も有るには有りますが、それらも季題その物が大きな拡がりを持って居るのでありまして、自然々々にそうなったものであります。歳時記をあけて見ると、この大きな拡がりを持った大景になるべき素材というものは、どちらかと云えば極めて乏しいと云わねばならんのであり

ありまして、俳句はどうしても一茎の草花とか、一羽の小鳥とかいう物を題材にした句が多いのであります。併しその季題の大小を問うよりも、作者の感情の大小を問う方が本当の意味に於ける大小を験別することになるのであろうと思います。たとい一本の草花、一羽の小鳥を題材にしたものであっても、それを諷詠する作者の感情が大きなものであって、例えば宇宙と共に居るといったような立派な感情であったなら、その句は偉大なるものと云わねばならぬのであります。芭蕉の俳句は量に於ては小さいけれども、質に於ては近松の大作に匹敵するものが有ると云ったのは、その事を云ったのでありまして、たとい一本の草の芽を諷詠するにしましても、天地の化育と共に在るというが如き、宇宙の自然の運行と共に在るというが如きものであれば、偉大なるものといわねばなりません。芭蕉も、「造化に従い造化にかえる」ということを言っております。そういう心持で詠ぜられた俳句であれば、その心持がちゃんとその句の上に現れて居るものでありまして、大いなる人間の作る句には、自然光があり、品位があり、強さがあり、深さがあり、かくそうとしてもかくすことは出来ません。時には私達の作る句を、草の芽俳句などと云う者がありますす。これはよく草の芽などを題材とするからでありますが、それらはこの表面に現れた形のみを見て言う言葉でありまして、中に潜んで居る大きな作者の感情というものに気が附かないが為でありま す。こういう人々は甚だ気の毒な人でありまして、この内部の方を気をつけて見るその眼をも養って大いに自ら習養する必要があると思うのであります。俳句というものが、形の小さい文学であるという事は、これは先天的に極っている止むを得ない処のものでありまして、その点はどうする事も出来無いのでありますが、只、その小さい形のものを如何に大きく動かすかと云う事は一つに作者の感情に依るのであります。その感情は、その景色を叙する叙しようの上に自然に現れ来るものであります。寧(むし)ろ内に籠めた感情は隠そうとしても隠すことが出来ないのでありります。いい句になりますと、表面に叙されている景色は唯簡単な小さい景色が叙してある許(ばか)りでありますが、それでいて作者の感情が脈々として内に波打っているというが如きものでありま
す。そういうのが上乗の花鳥諷詠の俳句であります。

二　花鳥諷詠詩

花鳥諷詠詩ということをもう一度繰返して述べておきましょう。

前に何度も申しました通り俳句は花鳥諷詠の文学であります。

今少しく細密に申上げて見ますならば、春夏秋冬四時の移り変りによって起る天然界の現象並びにそれに伴う人事界の現象を諷詠する文学の謂であります。天然界の現象というのは、例えば春になると、梅が咲く、桜が咲く、桃が咲く、鶯が囀る、蝶が飛ぶ、草が萌える、土筆が生える、野山に霞がかかる等のことであります。梅を探るとか、お花見をするとか、桃の花を活けるとか、野遊びをするとか、土筆を摘むとか、蓬を摘むとか、蓬餅をつくるとか、三月の節句が来れば雛を祭るとか、白酒を飲むとかいう類は、自然界の現象に伴う人事界の現象であります。それらは皆俳句の好んで材料とするところのものであります。尤も梅とか霞とかいうことは歌でもたくさんによまれています。独り俳句がそれらの材料を私するわけではありませんけれども、俳句に至って一層霞とか梅とかいうものを詠ずることが深く且つこまかくなっています。和歌で詠ずることが量に於て十分の一でありますれば、俳句で詠ずることが十分の九位だといっても差支えないと思います。まして土筆などという小さな植物になりますと、歌の方では一つの点景物としてこれを詠ずるのみでありまして、俳句のように専門に土筆を題材にして詠ずるということはしません。俳句にあっては、土筆という題で俳句を作ることは、霞とか、梅とかいう題で俳句を作ると同じ程度のものになっています。俳句は和歌やその他の詩に対して天然の形象を詠ずることは非常に発達しているといっていいのであります。

　夏になるとだんだんと暑さが増して来る、やがて梅雨の時候になって、じめじめした雨が降りつづく、それを五月雨(さみだれ)ともいい梅雨ともいう、梅雨が霽(は)れ渡ると爽やかな風が吹く、それを薫風といいます。また大空には雲の峰が立つ、夏雲奇峰多しという支那人の言葉があるように、さまざまな形をした白い雲がのこのこと中天まで湧き出てきます。これは入道雲とも云います。大入道が出て来たように不思議な恰好をして大空に聳え立って居るのはよく私たちの見るところであります。日照りが続き夕立が来ます。また鳥でいえばほととぎすが啼く、また鳥ではないが雨蛙もよく鳴く、蟬も鳴く、庭には蜥蜴(とかげ)が出る、蟇(ひき)という大きな無様な形をしたものがのこのこと這い出して来る、蜘蛛(くも)、百足虫(むかで)、蚰蜒(げじげじ)なども出て来る、蠅(はえ)も出れば蚊も出る。また夜灯をともすと灯取虫(ひとりむし)というのが盛んにやって来る。水のほとりなどは殊(こと)にさまざまなものが来るそうであります。源五郎虫も飛んで来る、アメンボウも飛んで来る、蛾の種類も千差万別で大きいのもあれば小さいのもある、それらが物凄いばかりに火をとり囲んで飛んで来る、まるで百鬼夜行の有様であります。また桐の花が咲き棕櫚(しゅろ)の花が咲き、卯の花が咲き、薔薇が咲き、牡丹、芍薬(しゃくやく)、百合、葵、紫陽花、菖蒲、杜若、河骨、蓮、睡蓮、萍、藻、さまざまの花が咲く、樹木は茂り、草も茂る、そういうのを自然界の現象というのであります。またそれに伴う人事界の現象というのは、例えば暑くなって来るから綿入を袷に着換えまた単衣に着換える、また縁には藤椅子を出す、軒には青簾をかけ風鈴を釣る、日覆の必要も感じて来る、表に出るには日傘を用いる、百姓は日傘などさしては居られず、早苗を取り雨のふる中に濡れそぼちながら男女うちまぜて田植えをする、田植えをして仕舞って一週間から十日位経つともう一番草を取らねばならぬ、それから二番草、三番草と暑い炎天の下に稲の中を這い廻って草を取るのであります。蚊がそろそろ出て来るというと蚊いぶしを焚き蚊帳を釣る、やがてだんだん暑くなって来ると行水もする、昼寝もする、涼みにも出かける、船遊びもする、海水浴にも行き登山も盛んになる、これは人事界の現象というのであります。夕立とか、ほととぎすとかいう題になりますと、和歌などでもよく詠まれる所のものでありますが、しかし俳句に至っては、一層その範囲が広くなっているといっていいのであります。殊に蚤とか、蚊とか、苔の花とか、黴とかいうものに至るまで詠まれるということは、独り俳句のほしいままにするところであります。

秋になると、月とか、天の川とか、夜長とか、野分とか、露とか、霧とか、虫の声とか、小鳥とか、萩、菊、その他秋の七草類、紅葉、稲、木の実、菌、芦、芭蕉等の類がよく詠まれます。それと同時に、月見とか、七夕とか、盂蘭盆とか、夜なべとか、夜学とかいうようなものもまた広く吟詠の題材となります。

冬になると、天地は漸く寒くなって来て、時雨が来、霜が置き、雪が降り、氷が張り、凩が吹いて落葉を誘い、木も枯れ、草も枯れて蕭条たる景色となります。やがて年の暮となり新年となります。こうした天然界の現象に伴って、人間は炉を開き、炬燵を置き、北窓を塞ぎ、綿入を着、外套を着、足袋や手袋を穿ち、雪達磨を作り、スキーやスケートに興じ、やがて門松を立てて新年の雑煮を祝います。雪というようなものは好んで詩歌の材料とされるのでありますが、それでも俳句に比すると尚はるかに狭いといっていいのであります。俳句では雪の降るあらゆる場合、あらゆるかたち、あらゆる性質等を吟味してこれを吟詠するのであります。ことに炬燵などというものになると、俳句でなければ題材にしません。落葉というようなものも、和歌などの題材にももとよりなるのでありますが、しかし俳句に至って一層精緻に、落葉の種々の場合、種々の性質を吟詠するのであります。

　月雪花というものは一般に詩歌の方にあっても大事な題材となっています。風雅の道を解するものは月雪花の趣を解するものであるとされています。俳句にあってももとよりこれは大事な題材であります。しかし天然の現象という上から見ると、月雪花も、土筆が生えることも、木の葉が散ることも、皆同じ価値の一現象であります。春夏秋冬四季の移り変りによって起る天然界の現象を吟詠する文学であるという立場からいえば、月雪花のみに重きを置いて、土筆とか落葉とかいうものに重きを置かないというのは間違った考えであります。土筆の生えている姿というものにも自然の生命が伝わって、なんともいえぬ一種の面白味が存在しているのであります。また落葉が大地にころがっているというちにもまた自然の生命が伝わっていて、なんともいえぬ面白味がそこに存在しているのであります。すべてこれらの現象を見ることは、同一価値として見るのであります。それらの諸現象をひっくるめて花鳥風月という文字で代表し、花鳥風月を吟詠する文学という言葉を、少し縮めて、花鳥諷詠という四文字で表し、他の詩との区別を判然とさすために、俳句は花鳥諷詠の文学、即ち花鳥諷詠詩であると申すのであります。さればこれは俳句は季題諷詠の文学であるというのと同じ意味であります。花鳥諷詠の文学は他にもないことはないのでありますが、しかしその量、並びに質に於て俳句ほどこれに適したものはないのであります。

花鳥諷詠の文学である俳句は、例えば落葉や土筆を吟詠することによって、決して他の文学のあとにつくものではありません。否、真先になって落葉や土筆を吟詠して、落葉の面白味、土筆の美しさを明らかにする独自の文学であるといっていいのであります。

俳句というものが始まって以来、今日迄三四百年の歳月が経っています。いつの時代にも俳句というものは大変盛んに流行するものであります。その俳諧の開祖ともいうべき、山崎宗鑑、荒木田守武時代でも多くの士民の間にたいへん流行しただろうと思います。それから下って貞徳、宗因、芭蕉という時代になっても盛んな流行を見ました。今日でも至るところに俳句は行われて居ります。私は或る年信州の山中の温泉に行ったことがありますが、旅のつれづれに按摩をとらしたところが、その按摩がその辺の俳句の宗匠であって二三百人の弟子を持っているということを聞きました。そんな宗匠というものが至るところにあるのであります。私はよくいうのでありますが、日本全人口の百分の一は俳句をつくるといっても差支えはなかろうかと思います。それほど盛んに流行しているのであります。が、その俳句もさまざまで、一口に俳句というけれども実は種々雑多なものがあるのであります。これを縦に歴史的に見てもまた横のひろがりから見ても種々雑多なものが流行しているのであります。今一々これを論ずるとなると大変でありますからこれは暫くお預りにして、ただここに俳句に共通な或る一事がある事を申上ます。それは何かと申しますと、さっき言った花鳥風月を吟詠するということであります。極めて下等な地口、駄洒落を専らとした初期の俳句でも、或いはまた俗情、俗事をうたった月並調の俳句でも、少くとも花鳥風月を題材にしていないものはありませぬ。花鳥風月の味わいは解さないにしても、花鳥風月の仮面だけは被っていてこれを棄てないのであります。

元来吾等の祖先からして花鳥風月を愛好する性癖は強いのであります。『万葉集』というような古い時代の歌集にも桜を愛で時鳥を賞美し、七夕を詠んだという歌は沢山にあります。降って『古今集』、『新古今集』に至ってもつづいております。足利の末葉に、連歌から俳諧が生れて、専ら花鳥を諷詠するようになりました。殊に俳諧の発句、即ち今日いうところの俳句は全く専門的に花鳥を諷詠する文学となったのであります。

芭蕉も『笈の小文』に、

見る所花にあらずといふことなし、思ふ所月にあらずといふことなし。

と云うて居るし、また『幻住庵の記』に、

花鳥に情を労して暫く生涯のはかりごととさへなれば、云々

と云うています。独り芭蕉ばかりでなく、守武、宗鑑以下今日に至るまで四百年間の俳人は尽く花鳥風月に心を労しているのであります。

今日の文壇は小説戯曲の類が盛んであります。西洋の文学の影響をうけてそれらは長足の進歩をしました。いずれも人事の纏綿葛藤を写して、読者を泣き悲しみ憂え悶えしめる。今日の文壇は、平族に非ざれば人に非ずというと同じく、戯曲小説の類でなければ文学に非ず、といったような勢いであります。青年子女もまた、新聞の三面記事に出て来るような人事に多く興味を持つのであります。その三面記事よりも更に深く突っ込んで描いた小説戯曲の上に興味を持つのもまた自然の勢いであります。独り青年子女に限らず、壮年老年の者もまたかかる種類の物を好んで読みます。人情世相を写した戯曲小説の類が、世間に歓迎され文壇を闊歩しているのも故のないことではない。今日の文壇では花鳥風月を吟詠しておる文学があるということを云うと、ヘエ、そんな文学がまだ存在しているかと嘲笑する人があるだろうと思います。そうしてそれは老人の暇つぶしだと云って嘲る人が多いだろうと思います。

子規は昔私に手紙をよこして「天下有用の学は僕の知らざるところ」と云いました。子規は自分を天下無用の者だといいながら、その時分の賢こそうな顔をしている人々に無頓着で自分のするところを黙ってしていました。尤も子規は黙ってしたという方ではない、大いに論じ大いに戦ったのでありますが、しかしそれは自分の進む道にあたって自分の邪魔になる物に対してであり

ました。只天下有用の徒だと自任して居る人には自任させておいて自分の志すところは別にあると云って黙って仕事をしたのであります。今日になって見ると、その有用の徒であることを自任して表面に立って盛んに活動した人がもう大方忘れられている時分に、子規の事業は漸（ようや）く世間のものに認められて来ました。

子規の口吻（くちぶり）を学ぶのではありませんが、天下有用の学問事業は全く私達の関係しないところであります。私たちは花鳥風月を吟詠するほか一向役に立たぬ人間であります。

文章を書いて国家に貢献することを文章報国と申すそうであります。経世経国、済世済民の文章を書く人はまことに文章報国という文字を使用するのにふさわしいのであります。近頃また雑誌の広告に、雑誌報国という文字があるのを見受けました。始め一寸（ちよつと）分り兼ねたのですが、それは雑誌を出して国家に貢献する意味であるということが漸（ようや）くにしてわかりました。次に俳句報国という文字を使用したらどんなものでしょう。どうも意味が分りかねます。まあまあ子規の所謂（いわゆる）、「天下有用の学は僕の知らざるところ」で、天下無用の閑事業として置くのが一番間違いのないところであります。

吾らの祖先は梅とか桜とか鶯とか時鳥（ほととぎす）とか云うものを特に愛好して『万葉』の歌となり、また『古今』以下の歌となりました。五月雨（さみだれ）とか夕立とか雲の峰とか清水とか蛍とか若葉とか牡丹とか蓮とかあやめとかいう類は俳句がはじまって以来好んでその材料になりました。今日になると最前申したように蛇、蜘蛛、百足虫（むかで）、げじげじ、水馬（みずすまし）、まいまい、蛭（ひる）、孑孑（ぼうふら）の類、また桐の花、棕櫚の花、十薬（どくだみ）、苺、黴の類に至るまで、あらゆる自然界の現象、また袷（あわせ）、セル、風鈴、麦笛、麦藁籠、噴水、あせも、日焼、夏痩、寝冷、霍乱、コレラ等自然界の現象に伴う人事界の現象をも諷詠しているのであります。

　自然界はすべて沈黙をつづけています、何物もこちらに向って話しかけて来ることはしない、人間とは精神的には没交渉で、風が吹き、雨が降り、雷が鳴り、地震が揺り、海嘯が起るのであります。それらのものは、少しも人間に対して情を持っているものとは思われない。人間は他の動物、植物と同じく雨風、雷霆、地震、海嘯の如きものに翻弄されて、或いは生命を墜し、阿鼻叫喚の声を挙げるに過ぎない。而しながら人間から有情の眼を以てこれに対する時は自然は直ちに温かい情緒を以て人に対して来ます。五月雨といい、野分といい、何れも熱情を以てこれに対するものにはやはりそれだけの親しみを以て迎えてくれます。日月星辰、禽獣虫魚の類、尽くそうであります。人間が親しみを以てこれに対すれば、いくらでも親しみを以て人間に対して来る、それはなまじい人間相互の関係よりもより純粋な心持で吾等に対して来るような心地がします。人間相互の間はたとえば親が子に対するにしても、親が十の愛を以て子に対しても子は十の愛を以てこれに応えるとは極っていません。子供の心にはまた別に思う所がありまして、必ずしも親の思う通りにはならないのであります。が、自然に対する人間の愛情は少しもそれを礙げ遮ぎるものがなくて、十の愛情を以てすれば必ず十の愛情を以てそれに応えます。美しい星、爽やかな風、しめやかな雨の類ばかりでなく、怒濤も、暴風も、また雷電の如きものも、やはりそれに対する人間の愛情に相当した愛情を以て吾等に答えてくれます。美しい花、美しい鳥、よき声の虫などが吾等の愛情に酬ゆる許りでなく、蛇、百足虫、げじげじなどの醜悪なる動物、虻、蚤、蚊、虱（しらみ）などの吾等に害を与えるところのものであっても、やはり吾等が相当の熱情を以てこれに対すれば、それ相当の熱情を以てそれに応えてくれます。

広い文壇にはさまざまのものがあってよい訳であります。人情世相を描き、人事の纏綿葛藤を解剖し描写した戯曲小説の類が盛んなのも洵（まこと）に結構なことであります。がその傍（かたわ）らにしばらく人事の纏綿葛藤から離れて自然に愛情を注ぎ、またそれに酬ゆる自然の愛情を享受して、自然を描写する文芸があっても差支えない訳であります。

吾等は天下無用の徒ではあるが、しかし祖先以来伝統的の趣味をうけ継いで、花鳥風月に心を寄せています。そうして日本の国家が有用な学問事業に携っている人々の力によって、世界にいよいよ地歩を占める時が来たならば、日本の文学もそれにつれて世界の文壇上に頭を擡げて行くに違いない。そうして日本が一番えらくなる時が来たならば、他の国の人々は日本独特の文学は何であるかということに特に気をつけて来るに違いない。その時分に、ここに花鳥諷詠の俳句というようなものがあります、と名乗りをあげるのも愉快なことではありますまいか。

三　俳句史

俳句史を草するに当って、何時から始めるかということはかなり六ヶ敷い問題であります。俳句は連歌の上の句、即ち発句が独立して出来たものでありますからして、その母胎である連歌から筆を起すとなると二千年の昔、日本武尊の古事に迄遡らなければなりません。また、今日の如き俳句の真の基礎を打ち建てた人は元禄の松尾芭蕉でありますから、直ちに芭蕉から説き出すことにすれば比較的簡単なのでありますが、それではあまり唐突の憾みがないでもありません。それでここでは、連歌がやや容を革めて俳句の方へ一歩踏み込んだ時、即ち山崎宗鑑という人がはじめて俳諧連歌というものを創始した時を以って始むるのを至当とすべきかと考えるのであります。宗鑑から芭蕉に至るまでには約二百年の歳月があります。これは今日から見れば俳句の揺籃時代であります。この揺籃時代を通って芭蕉に至ると俳句は一躍して黄金時代に入るのであります。芭蕉の歿後俳句は堕落しました。その代表者は支考、乙由の徒であります。天明に至って俳句は再び復興して輝しい時代を現出します。これが蕪村時代であります。蕪村後また堕落しまして、遂に収拾すべからざる梅室(ばいしつ)、蒼虬(そうきゅう)の月並時代に入るのでありますが、その間信州に一茶が出て一道の光明を投げていることは認めねばなりません。さてその月並調を打破して革新復古を叫んだのが、明治の子規でありました。ここに四度び俳句は隆盛になって今日に至っておるのであります。これが俳諧四百年の潮流の概状であります。以下各項に亘って少しくその変遷の跡を辿って見ましょう。

芭蕉以前

芭蕉以前の俳諧は主として滑稽諧謔を弄した時代であります。この間約二百年、宗鑑、守武、貞徳、宗因などいう人達が相踵(つ)いで現われて来ます。芭蕉に至る道程として一通りしらべて見ることに致しましょう。

宗鑑　俳諧の祖、山崎宗鑑は近江の人で、姓は志那氏。足利義尚に仕えた人でありましたが、のち剃髪して摂津尼ヶ崎に閑居し（延徳三年）ここではじめて俳諧を創(はじ)めたのであります。この頃は足利末期、戦国の世でありましたが、連歌の勢いは極めて盛んでありまして、殊(こと)に連歌師宗祇の名声は天下に鳴って居りました。宗鑑は連歌に於ては到底この宗祇に及ぶべからざるを知って、別に新らしく俳諧発句を吟出するに至ったと言われて居ります。

この俳諧の特色は連歌と異って従来のやかましい格式を一擲(いってき)し、平俗の言葉や洒落を駆使して盛んに滑稽諧謔を弄したということにあります。宗鑑の編纂になるものに『犬筑波集』というのがあります。これは俳書の嚆矢とされるものでありまして、それを見ると已に発句が分立して載っておる。即ち已に発句が独立していたことを証するものであります。その中に、

正月六日

なべて世にたゝくはあすのくひな(水鶏、喰菜)かな　宗鑑

わかなといふ下女しかられければ

つまれては又たゝかるゝわかなかな　同

ころも河ちかきところにて

べんけいもたつやかすみのころも河　同

春さむきとし

にが〳〵しいつまで嵐ふきのとう　同

月の夜、栗うちなどしてあそびて

山の端に月はいでぐりむく夜かな　同

津の国すいだの堤を行とて

風さむし濁酒なりともすいたかな　同

風さむし破れ障子の神無月　同

すゝれなほはなをかまんもかみな月　同

宗祇十三回忌に

地獄へはおちぬこのはのゆふべかな　　同

などの句を見ます。何（いず）れも洒落の連続であります。がここに一つ注意すべきことがあります。それは前に、従来の格式を一擲した、と書きましたが、しかもそれらの句は皆、季題を喪失していないということであります。季感の尊重は極めて浅薄なものではありますが、季語は決して一擲されなかったということであります。やがてそれは後進の人々によって俳句の生命として確認されるに至るのであります。

その他の発句、

月に柄をさしたらばよき団（うちは）かな　　宗鑑

手をついて歌申あぐる蛙（かはづ）かな　　同

宗鑑の俳諧はかくの如く滑稽諧謔に住したものでありました。ひとり俳諧が滑稽諧謔に終始したばかりでなく彼の生活自体もまた極めて滑稽諧謔に充ちたものであったようであります。その居室にあるものは一個の薬缶のみであったということであります。また入口に額を掲げて、「上客は立所（たちどころ）に帰れ、中客は一日にして帰れ、下客は一宿せよ」というようなことを書いて居ったとも伝えております。一休に師事したのでありますからして、その風容には自ら一休の感化が著しかったものと思われます。辞世、

宗鑑はどちへと人の問ふならば
　ちと用ありてあの世へといへ　　宗鑑

讃岐琴弾山麓に一夜庵というのがあります。宗鑑晩年仮寓の跡であります。墓もまたここにあります。山崎に結庵したこともありまして自ら山崎宗鑑と称したのであります。天文十五年八月二日歿。年八十九。(天文五年とも天文二十一年とも二十二年ともいう)

この宗鑑と前後して現れたのが次の荒木田守武であります。

守武　荒木田守武は伊勢内宮の神官でありました。宗鑑よりもやや若年でありますが、「独吟千句」(天文九年)を吐いて「我こそ俳諧連歌の式目を定めん」と唱えた人であります。

その跋文を見ますと、

さてはいかいとて、みだりにし、わらはせんと斗(ばかり)はいかん、花実をそなへ風りうにして、しかも一句たゞしく、さて、をかしくあらんやうに、世々の好士のをしへなり。

とありまして、宗鑑よりやや一歩を進めたかの観があります。この「独吟千句」は皆連句でありますが、守武の発句には、まま、

元朝や神代の事も思はるゝ　守武
落花枝にかへると見れば胡蝶かな　同

などがありまして、漸く面目を改めて来たことが看取されます。しかしこれを以て守武の全貌を推すことは出来ません。これは寧ろ例外と称してもよろしいのであって、その他の句には例えば、

お座敷を見れば何れもかみな月　守武
散る花を南無阿弥陀仏とゆふべかな　同

などの如き種類のものがその大部分を占めておるのであります。しかし宗鑑よりはやや品がよくなったということは否めません。

この宗鑑、守武の二人は実に俳諧の創始者でありまして、その残すところの作品は未だ乳臭の域を脱しないとはいえ、連歌からして俳諧を引き離さんと努力した功績は没すべくもないのであります。

天文十八年歿。年七十七。宇治今北山麓に葬る。

貞徳　貞徳まで参りますと、已に徳川時代に這入ります。

松永貞徳は京都の人、弾正久秀の孫であります。逍遥軒と号し長頭丸と称し、自ら俳諧中興の祖なりと名乗った男であります。慶長三年（秀吉歿年）朝廷より花の本の号を賜り、はじめて俳諧宗匠を免許されました。紹巴に就て連歌にも通暁しておったので、これを基として改めて宗鑑、守武以来の俳諧式を確立しようとして『御傘』十巻を著しました。これは今に至って見ると洵に低級で随分わずらわしいものでありますが、昔は俳諧虎の巻と称されたものであります。その序文に、

俳諧は面白事ある時、興に乗じていひ出し、人をもよろこばしめ、我もたのしむ道なれば、おさまれる世のこゑとは是をいふべき也。（中略）今聖代を待えてたれとゞむるとなけれ共、京、田舎の高きも、いやしきも、老たるも、若きも、此道といへば耳をそばだて、心をよろこばしむ。しかれ共さしあひにまどふ事多くて、諍論絶せねば、丸が門弟のために此一帖をあらはす……

とあります。
しかし翻ってその作句を大観すれば、やはり宗鑑、守武の域を脱すること余り遠くないというべきであります。

霞さへまだらに立つや寅の年　貞徳

鳳凰も出でよのどけき酉の年　同
人の眼は覚る海棠のねふりかな　同
七夕のなかうどなれや宵の月　同
霧の海そこなる月はくらげかな　同

承応二年十一月十五日歿。年八十三。
貞徳には有名な弟子が沢山ありまして、その一門の俳諧は広く行われました。これを貞門と申して居ります。野々口立圃（松翁）、松江重頼（維舟）、安原貞室、北村季吟等はその中でも重立った人達であります。この季吟の門から松尾芭蕉が出るのであります。

咳気してしはがれぬるや萩のこゑ　立圃
天も花に酔るか雪の乱れ足　同
本くらき灯台草のしげりかな　重頼
巡礼の棒ばかり行く夏野かな　同
これは〳〵とばかり花の吉野山　貞室
涼しさのかたまりなれや夜半の月　同
一僕とぼく〳〵ありく花見かな　季吟
まざ〳〵といいますが如し魂祭　同

宗因　貞門に代って俳諧の権を掌握したものは談林派（また檀林）の俳諧でありました。この派の主潮というのは貞門の人々が尊奉する煩瑣な規約に真正面から反対して、もっと自由な態度で吟詠せねばならぬというにありました。この運動の主唱者が西山宗因であります。

宗因は肥後の人、始め侍でありましたが主家没落に遇って剃髪して浪花に住み、諸国を遊吟して遂に貞門を圧倒し、全俳壇の寵児となるに至ったのであります。天和二年三月二十八日歿。年七十八。大阪西寺町西福寺に葬る。

その発句は概ね軽妙奇警、自由奔放、世人を驚かしたのでありますが、文学上から見て果して如何程の価値を持っておるかは甚だ疑わしいのであります。その弟子に井原西鶴が居ります。これは住吉社頭で一日二万三千五百句を詠んだなどといわれる男であります。こんな風な濫作も談林派は平気でやったのであります。宗因の発句を左に抽出します。

さればこゝに談林の樹あり梅の花　宗因
書初や行年七十摂州の住　同
花を踏んで同じく惜む木綿足袋　同
郭公いかに鬼神も慥に聞け　同
よれくまん両馬が間に磯清水　同
まうし〳〵六蔵が申女郎花　同

いろはにほへの字形なる薄かな　同
里人の渡り候か橋の霜　同
屋根や時雨谷深うして耳遠し　同

これで見る通りかなり破調の句も現われているのであります。いずれにしても俳諧を以て滑稽諧謔のものとすることに於ては従前のものと未だ大して相違がありません。ただ貞徳などではその滑稽諧謔が言葉の上のみであやつられていたのだが、宗因に至ると多少内容的になって、一歩奥深く踏み込もうとした形跡は認めることが出来ます。大いに動かんとする気運であります。この新気運の曙光をあびて立上ったのが芭蕉であります。されば芭蕉は「上に宗因なくんば我々の俳諧は今以て貞徳老人の涎をねぶるべし。宗因は此道の中興なり」と言っております。宗因歿するの年は芭蕉已に三十九、彼が回天の大事業は既にその緒に就いておりました。

むすぶ手に楢の葉動く清水かな　宗因

厳島

神やこの島好みけん夏の海　同

芭蕉以前概観

この芭蕉以前の俳句は私が前に言った花鳥諷詠という立場から見ればどういう性質のものであ

るかということをこの場合調べて見る必要があります。

俳句というものが初まった宗鑑、守武時代から宗因に至る迄が概算二百年であります。芭蕉から今日迄がまた概算二百年になります。その宗鑑から宗因に至る迄の二百年の間の俳句というものはどういう俳句であったかと申しますと、二百年の長い間のことであるから随分変化もありましょうが、まず大体に引っ括(くる)めてこれを云うならば、自然界を愛好しそれを讃美するという精神は根柢にありながら、即花鳥諷詠という精神にありながら他の一方に滑稽諧謔を諷(うた)うことを目的とした時代と云ってよかろうと思います。例えば、

山崎宗鑑かきつばたを折るとて池に臨むを御覧じて

宗 鑑 が す が た を 見 れ ば が き つ ば た　　近衛龍山公

山崎宗鑑という人が大方近衛家に祗候して居った時の事で御座いましょう。庭の池の畔(ほとり)に下り立って、その池に咲いて居る杜若(かきつばた)を折ろうとして居るのを龍山公が御覧になってこの句を作られたのであります。宗鑑は法体で頭を丸め墨の衣を纏うて居ったのでありましょう。そこで宗鑑の姿を見るとまるで餓鬼だ、餓鬼というのは乞食坊主とでもいったような意味であろうと思います。それを「がきつばた」と云ったのは「かきつばた」と云う意味と両方を含ませて居るのであります。

この句の面白味は何処から生じるかと云えば、かきつばた、がきつばた、この両方を引っ掛け

た処にあります。言葉の戯れに過ぎないと云えばそれ迄でありますが、然（しか）もよく思いをひそめて見ますと、この句の背後には、杜若に対する作者の讃美の情が籠って居る。この句を読んで後に、何だか笑いたいような心持が起ると同時に一種の優し味を感ずるのは、その中に潜んで居る杜若に対する優しい情緒に同情するからであります。只文字の洒落ではありますが、花鳥風月の類を翫賞し讃美すると云う心持が土台にあって、その上に滑稽諧謔を専（もっぱ）らにしているのであります。今日から見て純粋の花鳥諷詠とは言えないかも知れませんが、然し、広い目からこれを見て云えばやはり一種の花鳥諷詠でありました。花鳥諷詠のみでは甘んぜず、その傍（かたわ）らに洒落を戦わして喜んで居ったと云う傾向があるのであります。次の句もやはり同じ様な傾向のものであります。

宗祇興行の俳席へ守武出座ありしに何（いず）れも法体の人々なれば

お座敷を見ればいづれもかみな月　守武

宗祇という連歌師の会の席へ守武が出た時分に詠んだ句であります。守武というのは神官でありますが、座敷に出て見ると宗祇始め皆法体の人であって、坊さんばかりである、皆髪がないという事を云ったと同時に丁度その時分が旧暦の十月、即（すなわ）ち、神無月であったと云うことを現わしているのであります。これも面白味が「かみなづき」の終五字にあるので、頭に髪が無いと云うことと、神無月ということの両方を引っ掛けて言ったので、私達が読んで来て神無月に到って微笑を禁じ得ないようになるのであります。この句も根柢にはやはり神無月というものに対する作者の季の感じが土台になって居て、滑稽はその上に築かれたものになるのであります。また、こういう句もあります。

おこし置いてねられぬ伽(とぎ)に炭火かな　未得

この句もかんかんと炭火を起して置いて、寝られぬ寒い夜の友にすると云うのでありますが、人を起して置いて夜伽にすると云う、その両方の意味を運んで滑稽にした処が山であります。この句も炭火というものに対する作者の趣味が土台になって尚その上に、起し置くという、人を起して置くという意味に引っ掛けた滑稽が句の綾をなして居ると見るべきであります。

馬合羽雪打ちはらふ袖もなし　令徳

この句は、「駒止めて袖うち払ふかげもなし佐野のわたりの雪の夕暮」と云う歌を踏んで作った句でありまして、人が合羽を着て居るのならば雪の降りかかった袖を打ち払うのであるが、馬が着て居る合羽であるから雪を払う袖のありようが無い、と云う句であります。これは前二句の語呂合せのような滑稽味とは稍々(やや)違って、馬合羽には袖が無いという洒落でありますが、然し、この句にしても吹雪というものに対する作者の懐かし味が土台になっている、一方には花鳥諷詠の情緒があり、他方には洒落を言うというような欲求があって出来た句であります。

霧の海そこなる月はくらげかな　貞徳

この句は、霧の濃ゆくかかって居る空の月を見てその月は丁度海の底のくらげを見るようだと云ったのでありますが、それればかりではない、「霧の海」というのは、よく言う言葉でありまして深く霧のかかっているのは、丁度海のように見える処からそう云うのでありますが、この句はその海を縁語として云ったのであります。また、こんなのもあります。

うばそくがうばひて折るや姥桜　日如

優婆塞、優婆夷と云う言葉がありまして、うばそくというのは俗家にあって仏門に入った男子、まあ坊さんであります。それからうばいというのは尼さんであります。それが先きを争うて桜を折ると云う事を云ったのであります。「う」の頭韻を踏んだ上に、この句にはうば塞、うばいの二つがはいっている、それが趣向になって居ます。

元日にさくはあら玉椿かな　安明

元日に玉椿が咲いて居る、というだけの句でありますが、新玉の年たち返る元日に玉椿が咲く、即ち、玉の字を両方に引っ掛けた処が、この句の面白味になって居ます。

犬と猿の中立なれや酉の年　一葉子

犬猿啻ならずと申しまして犬と猿は仲の悪いものとなって居ります。が、さる、とり、いぬ、と十二支の順序に読んでいくと酉は申と戌の丁度真中に挟まっている、そこで、申にも即かず戌にも即かず中立の酉の年だ、と洒落を云ったのであります。或る酉の年の元日に出来た句であります。

春は立ち人はつくばふ礼者かな　伯貞

旧暦の新年は殆ど立春と同じ時候であったから、立春になって恰も元日であるから礼者が来る、その礼者は慇懃に辞儀をする、ということを春は立ち人はつくばう、と云う風に滑稽に言ったのであります。

郭公いかに鬼神も慥にきけ　宗因

いかに鬼神もたしかにきけ、と云うのは、「田村」という謡にある文句でありまして、坂上田村麿が東夷を征伐する時分に、いかに鬼神もたしかにきけ、と勇ましく名乗りを挙げた文句があるのです。時鳥のテッペンカケタカ、と啼く調子が勇ましく恰も田村麿が鬼神に呼びかけた様な響きが有ると云った句であります。多寡が時鳥の啼き声ぐらいを仰山に、いかに鬼神も慥にきけと云ったので滑稽になっています。

帰国の次手に鎌倉へまかりしに幽山似春追来て三吟に

よれくまん両馬が間に磯清水　宗因

これは、宗因が江戸に来ておって大阪へ帰る次手に鎌倉へ立ち寄った、それを幽山、似春という二人が追うて行って一緒に句を作った、その時分に出来た句であります。これも「実盛」と云う謡か、実盛に限らず戦記ものが土台になって出来た句であろうと思います。実盛のことをいえば、実盛が戦死をする時分に、手塚の太郎に呼びかけて、こちらに寄れ組もう、と云ってそこで組打ちをして両方の乗って居る馬の間に落ちて遂に手塚の太郎に首を取られた、ということがあるのでありますが、そんな事を踏まえて出来た句でありましょう。が、表面の意味は、こちらにお寄りなさい、二匹の馬の間に磯清水がありますからその清水を汲んで飲もう、と云うのであります。この両方の意味を引っ掛けた処が面白味であります。

一時雨申さぬことか似せゐざり　友静

この句は似せいざりが居った。にせいざりというのは実は脚が立つのであるが、いざりの真似をして人に憐みを乞うている乞食であります。その乞食が俄に時雨が降って来たものだからゆるゆるいざっているのでは間に合わなくなって、立ち上って物蔭に逃げて這入った、それ見たことか、云わぬことではない、と云う句であります。

以上の句も各々おかし味が主になっているのでありますが、然しその土台を探って見ますと、やはり、杜若とか、神無月とか、炭とか、雪とか、霧の海とか、姥ざくらとか、元日とか、年の始めとか、礼者とか、郭公とか、清水とか、時雨とか云う四季の現象そのものに興味を持って出来た句であって、その興味の上に洒落を加えたのであります。

宗鑑以下宗因に至るまでの俳句というものは大体この様な俳句であります。

芭蕉時代

俳句隆盛の黄金時代であります。この時代をまた元禄時代とも申します。

芭蕉　松尾芭蕉は伊賀の国の人、九歳の時、伊賀上野の城代藤堂新七郎に仕えましたが事あって主家を逃れ、京都に行って季吟の門に入り名を桃青と呼びました。二十九の年に江戸へ上り三十一歳の時、深川、杉風の草庵に住し、薙髪して風羅坊と称しました。ここに一株の芭蕉を植えて芭蕉庵と称し芭蕉と称したのはやや後のことであります。はじめて宗因と会して俳談を交えたのは三十六歳の時でありました。以来諸国を経めぐって、遊吟を恣（ほしいまま）にし、『野ざらし紀行』、『笈（おい）の小文（こぶみ）』、『更科紀行』、『鹿島詣（もうで）』、『奥の細道』などの紀行文を遺しております。例の、

古池や蛙とびこむ水の音　　芭蕉

の句を得たのは四十三の時、

枯枝に烏のとまりたるや秋のくれ（後、とまりけり、と改む）　　同

を得たのはそれより五年程前、これらによって蕉風の眼を開いたというのでありますから、芭蕉がほんとうに芭蕉の真面目を発揮し出したのは歿前僅々十年前だということが出来ましょう。元禄七年、大阪の旅宿に歿す。年五十一。墓は大津の義仲寺にあります。

俳界に於ける芭蕉の功績は改めて呶々（くどくど）するを要しませぬ。幽玄枯淡の俳調は遂に正風（しょうふう）を樹立して江戸文学の最高峰を形づくる近松、西鶴の文学と伍して些（いささ）かも遜色がないまでの神品を遺しているのであります。後世俳聖と仰がるる所以（ゆえん）であります。

春たちてまだ九日の野山かな　　芭蕉

よく見れば薺（なづな）花さく垣根かな　　同

落ちざまに水こぼしけり花椿　芭蕉

春雨や蜂の巣つたふ屋根の漏　同

丈六にかげろふ高し石の上　同

飲みあけて花いけにせん二升樽　同

花の雲鐘は上野か浅草か　同

四方より花吹入れて鳰（にほ）の湖　同

一里は皆花守の児孫かや　同

草臥（くたぶれ）て宿かる頃や藤の花　同

無精さやかき起されし春の雨　同

青柳の泥にしだるゝ潮干かな　同

六月や峯に雲おくあらし山　同

おもしろうてやがて悲しき鵜舟かな　同

ほろ〱と山吹ちるか滝の音　同

木の下に汁も膾（なます）も桜かな　同

ひや〱と壁をふまへて昼寝かな　同

田一枚植ゑて立去る柳かな　同

清滝や波に散り込む青松葉　同

山も庭もうごき入るゝや夏座敷　同

平泉古戦場

夏草や兵（つはもの）どもが夢の跡　同

閑（しづか）さや岩にしみ入る蟬の声　同

五月雨（さみだれ）を集めて早し最上川　同

五月雨の雲ふき落せ大井川　同

五月雨のふり残してや光堂　同

五月雨や色紙へぎたる壁の跡　同

ほとゝぎす啼や五尺のあやめ草　同

ほとゝぎす大竹藪を洩る月夜　同

草の葉を落つるより飛ぶ蛍かな　同

手離せば夕風宿る早苗かな　同

短夜や駅路の鈴の耳につく　同

荒海や佐渡に横たふ天の川　同

菊の香や奈良には古き仏たち　同

尊とさに皆押し合ひぬ御遷宮　同

一つ家に遊女も寝たり萩と月　同

うきわれを淋しがらせよ閑古鳥　同

赤々と日はつれなくも秋の風　同

病雁の夜寒に落ちて旅寝かな　芭蕉

白露もこぼさぬ萩のうねりかな　同

三井寺の門たゝかばや今日の月　同

名月や門にさし来る潮がしら　同

海士の屋は小海老にまじるいとゞかな　同

秋深き隣は何をする人ぞ　同

月清し遊行のもてる砂の上　同

敦賀にて

名月や北国日和定めなき　同

名月や池をめぐりて夜もすがら　同

衰へや歯にくひあてし海苔の砂　同

まつ茸や知らぬ木の葉のへばりつく　同

埋火や壁には客のかげぼうし　同

初時雨猿も小簑をほしげなり　同

けふ斗人もとしよれ初時雨　同

酒のめばいとゞ寝られぬ夜の雪　同

箱根越す人もあるらし今朝の雪　同

住つかぬ旅のこゝろや置ごたつ　同

鷹一つ見つけてうれし伊良古崎　同
海くれて鴨の声ほのかに白し　同
冬籠り又よりそはんこの柱　同
金屏の松の古びや冬ごもり　同
旅に病（やん）で夢は枯野をかけ廻る　同

蕉門

芭蕉の弟子には色々な有名な人が居ります。以下簡単にそれらの重立った人達に就いて申し述べます。

其角　宝井其角（きかく）は江戸の人、榎本其角とも晋其角とも称し、嵐雪（らんせつ）と共に蕉門の双璧として重宝がられた人であります。十三の時から芭蕉に就き、四十七歳、宝永四年二月三十日歿。芭蕉に遅るること十三年。芝二本榎上行寺にその墓があります。
其角は豪放で酒豪で、その句は一般に難解なものが多いとされております。

鶯の身を逆（さかさま）に初音かな　其角
春水や軽く能書の手を走らす　同
白鳥をふるひよせたる四つ手かな　同

薄氷やはつかに咲ける芹の花　其角
大仏の膝埋らん花の雪　同
ほと、ぎす一二の橋の夜明かな　同
名月や畳の上に松の影　同
稲妻や昨日は東今日は西　同
声かれて猿の歯白し峰の月　同
菊を切るあと疎にもなかりけり　同
あれ聞けと時雨来る夜の鐘の声　同
飼猿の引窓つたふしぐれかな　同
からびたる三井の仁王や冬木立　同
憎まれて長らふる人冬の蝿　同
この木戸や鎖のさ、れて冬の月　同

嵐雪　服部嵐雪は淡路に生れて其角と同じく江戸に住んだ人であります。其角が才気縦横であったに対し、嵐雪は篤実温厚で好個の対照をなしております。宝永四年十月十三日歿。年五十四。其角と嵐雪は同年の歿であります。駒込竹町常検寺に葬る。

梅一りん一りんほどのあたゝかさ　嵐雪

ぬれ縁に薺（なづな）こぼるゝ土ながら　同
ほつ〳〵と喰（くひ）積（つみ）あらす夫婦かな　同
巡礼に打まじり行帰雁かな　同
文もなく口上もなし粽（ちまき）五把　同
真夜中やふりかはりたる天の川　同
相撲取ならぶや秋のからにしき　同
名月や烟（けむり）這ゆく水の上　同
黄菊白菊其外の名はなくもがな　同
隠れ家やよめ菜の中に交る菊　同
はぜ釣や水村山廓酒旗の風　同
門の雪臼とたらひのすがたかな　同
ふとん着てねたる姿や東山　同
武士（もののふ）の足で米とぐ霰（あられ）かな　同

去来　向井去来は長崎の人、後京に住み、嵯峨に別業があり、その庵を落柿舎（らくししゃ）と言いました。去来もまた温情の人、深く芭蕉の信任をうけた人で、元禄の秀逸を輯めた『猿蓑』は凡兆との共選であります。宝永元年九月十日歿。其角、嵐雪に先立つこと三年。年五十四。京都真如堂に葬る。

元日や家にゆづりの太刀はかん　去来

鉢叩来ぬ夜となれば朧なり　同

うごくとも見えで畑うつ男かな　同

何事ぞ花見る人の長刀　同

あそぶともゆくとも知らぬ燕かな　同

時鳥なくや雲雀と十文字　同

湖の水まさりけり五月雨　同

秋風や白木の弓に弦はらん　同

岩鼻やこゝにも一人月の客　同

自題落柿舎

柿主や梢は近き嵐山　同

鴨鳴くや弓矢をすてゝ十五年　同

応々といへどたゝくや雪の門　同

いそがしや沖の時雨の真帆片帆　同

尾頭のこゝろもとなき海鼠かな　同

丈草　内藤丈草は尾張の人、芭蕉歿後はその墓の辺に庵を結んで終った人であります。宝永元年二月二十四日歿。去来と同年であります。年四十三。

大原や蝶の出て舞ふ朧月　丈草
我事と泥鰌（どぢやう）のにげし根芹かな　同
春雨やぬけ出たまゝの夜着の穴　同
鶯や茶の木畑の朝月夜　同
時鳥啼くや湖水のさゝにごり　同
蝈（かや）を出て又障子あり夏の月　同
抜けがらに隣りて死ぬる秋の蟬　同
水底の岩に落つく木の葉かな　同
交（まじはり）は紙衣（かみこ）のきれを譲りけり　同
着て立てば夜の衾（ふすま）もなかりけり　同
幾たりかしぐれかけぬく勢田の橋　同
影法師の横になりたる火燵（こたつ）かな　同

凡兆　元禄時代特異な存在は凡兆であります。凡兆は金沢の人、はじめ加生（かせい）と称して『曠野』に、

重なるや雪のある山たゞの山　加生
残る葉ものこらずちれや梅もどき　同

の句がありますが、その他にはあまり見ることは出来ません。その後の俳句も殆ど『猿蓑』六巻に見られるだけで他に多くこれを求めることは不可能なのであります。その伝記も彼は医者であったが、後年何かのことで、入獄したことがあると伝えられるのみで、その他多くを知ることは出来ません。しかし一度『猿蓑』をひもとけば、その中に埋っているその珠玉の句に驚嘆するのであります。

試みに『猿蓑』に録された彼の全句を左に掲出して見ましょう。

（巻之二）

時雨るゝや黒木積む家の窓あかり　凡兆
禅寺の松の落葉や神無月　同
砂よけや蜑のかたへの冬木立　同
古寺の簀子も青し冬構　同
炭竈に手負の猪の倒れけり　同
門前の小家もあそぶ冬至かな　同
矢田の野や浦のなぐれに鳴千鳥　同
呼かへす鮒売見えぬあられかな　同

下京や雪積む上の夜の雨　同

ながながと川一筋や雪の原　同

（巻之二）

題去来之嵯峨落柿舎

ほとゝぎす何もなき野の門構　同

豆植る畑も木部屋も名所かな　同

豊国にて

竹の子の力を誰にたとふべき　同

五月雨に家ふり捨てなめくじり　同

髪剃や一夜に錆て五月雨　同

熱田の蛍見

闇の夜や小供泣出す蛍舟　同

渡りかけて藻の花覗く流れかな　同

日のあつさ盥（たらひ）の底の蠛（うんか）かな　同

水無月も鼻つきあはす数寄屋かな　同

すゞしさや朝草門に荷ひ込　同

（巻之三）

朝露や欝金畠の秋の風　凡兆

三葉ちりて跡はかれ木や桐の苗　同

八瀬大原に遊吟して柴うりの文書ける序手に

まねき〳〵朳の先の薄かな　同

百舌鳥なくや入日さし込女松原　同

吹風の相手や空に月一つ　同

初潮や鳴門の浪の飛脚舟　同

一鳥不鳴山更幽

物の音ひとりたふるゝ案山子かな　同

上行と下くる雲や秋の天　同

稲かつぐ母に出迎ふうなゐかな　同

肌さむし竹切山のうす紅葉　同

立出る秋の夕や風ほろし　同

世の中は鶺鴒の尾のひまもなし　同

（巻之四）

灰捨て白梅うるむ垣根かな　同
鶯や下駄の歯につく小田の土　同
骨柴のかられながらも木の芽かな　同
野馬(かげろふ)に子供あそばす狐かな　同
蔵並ぶ裏は燕のかよひ道　同

越より飛騨へ行とて籠のわたりのあやうきところ〴〵道もなき山路にまよひて

鶯の巣の樟(くす)の枯枝に日は入ぬ　同
鶏の声もきこゆるやま桜　同
ある僧の嫌ひし花の都かな　同
花散るや伽藍の枢(くるゝ)おとし行　同

その他、巻之五中にある連句中の発句に、

市中は物のにほひや夏の月　同
灰汁桶(あくをけ)の雫(しづく)やみけりきり〴〵す　同

以上であります。その他、

明ぼのや菫(すみれ)傾ぶく土龍(もぐらもち)　凡兆

凡兆小論　写生句を論ずるに当って、元禄時代に凡兆のあったことを忘れることは出来ませぬ。『猿蓑』の選集は彼と去来との担任事業であります。彼の句は殆ど『猿蓑』以外の集には見当りませぬ。彼は医者であったという以外何ら伝うる処がないのです。その後罪があって牢獄に繋がれたとかいう事であるが、それから後の事は判りませぬ。彼は彗星の如く出現して元禄の名著『猿蓑』の編輯をして、若干の名句を残して、また彗星の如く去って現われぬのであります。

芭蕉、去来などが寂とか栞とかにこだわって、即ち彼の主観趣味に囚われている間に彼一人は敢然として客観趣味に立脚して透徹した自然の観察をやって居ります。

上行くと下くる雲や秋の天　凡兆

秋の空を眺めて居ると、上の方の雲は東から西に流れているが、下の方の雲は、西から東に流れて居る。それらの雲があるが而かも雲の無い部分の天は、青々と澄んで居る、という句であります。

元禄時代の句であるから、今日から見るとどこか大まかな処はありますが、上行くと下来る雲と観察し而かもかく叙した手際は立派なものであります。芭蕉が、

五月雨の空吹き落せ大井川　芭蕉

などという句を作り、五月雨の大景を叙するよりも自分の主観を打出して「空吹き落とせ」などと叫んでいる間に彼は平然として秋空を観察し、「上行くと下くる雲」と詠じて居ります。

渡りかけて藻の花のぞく流れかな　凡兆

夏川を少し渉った時分に美しい藻の花の水中に在るのに気付き、扨(さ)ても美しい藻の花だと立ちどまってじっと水中を覗いておることを言ったものであります。同じく客観趣味の作者と見るべき(比較的)尚白の、

よろ〱と撫子(なでしこ)残る河原かな　尚白

の句と比べて見たならば、いかにこの「渡りかけて」の句が純粋の客観句であるかが判明するでしょう。尚白の句は「よろよろ」という主観的形容詞を用いているばかりかこの句の裏面には「あわれ」という詠嘆詞がかくされています。即ち河原によろよろとしている撫子の花を見て、あわれを催した上の作句であります。併(しか)し凡兆の句の方はそんな感傷的なところはすこしも無く、清い流れの中流に藻の花をのぞくという、その清流の中央に、人の水中をのぞいている光景迄がはっきり描かれています。

三葉ちりて跡はかれ木や桐の苗　凡兆

元禄の句は大まかという事をいいましたが、或る人はその大まかなところに句の余情がある、近頃の句の如き繊細なことを叙したものには何等余情というべきものが無い、唯こまかい写生という事のみでその他には何の取柄も無い、といいましたが、この句の如きはその細い写生を見るべきものであります。桐の苗木がある。唯、三つ、葉がついていたのが、その三つ共散ってしまって、そのあとは枯木になってしまった、というのであります。小さい桐の苗木を叙して、それも唯葉が落ちて枯木になったという事だけを叙して、それで安んじているところは、彼の眼目が自然の観照にあったことを明らかに証明するものであります。のみならず元禄に在ってもまたこの種の句のあったことを明らかに物語るものであります。

下京や雪積む上の夜の雨　凡兆

この句ははじめ上五字が無かった、それを芭蕉が「下京や」と置いて得意であった、凡兆は何だか不服らしかった、という事が『去来抄』に出ています。恐らく凡兆は「雪積む上の夜の雨」という十二字で沢山で、それに何物かを附け加えることは余計なことのような感じがしていたのであろうと思います。即ち雪の積んだ上に夜になって雨が降るというこの客観の事実に凡兆は絶大の趣味を持っていたのであります。ところが芭蕉は、多少の主観味を持った「下京や」という初五字を冠した。――上京下京とわけて見たその下京というちには、王城に遠い商家の多い小さい人家の櫛比(しつぴ)しているという下京趣味というようなものを連想して多少の抒情趣味が加わる。――その抒情趣味は芭蕉の得意なところであったでありましょうが凡兆には余計なことに思えたに相違ないのであります。雪積む上の夜の雨という純客観の事実に興味を見出した彼に在っては下京であろうが上京であろうが少しも頓着なかったでありましょう。ところが芭蕉は頗(すこぶ)る得意で「兆、汝手柄に此冠を置くべし、もしまさるものあらば我二度俳諧をいふべからず」と言って居ります。この言葉の裏面には凡兆が不平そうな顔をして芭蕉の「下京や」に承服しなかったという事が窺われています。また芭蕉はその凡兆の承服しない態度に憤激した様が窺われます。それ程凡兆は確信をもっていたのであります。この点が偉いと思います。私はこういう事を言い得ると思います。元禄時代にも今日の写生句と見られるものは皆無ではない、それは幾らかあるにはある、が、意識して客観趣味に重きを置いて純写生句を作ったものは彼れ凡兆一人あるのみであると。

芭蕉、去来は固(もと)より元禄の俳人は主観味の勝ったものが非常に多いのであります。これは彼等に、ものを詠嘆する態度がつき纏うて居って、純客観態度に立ってものを観照することをよくしなかったとも見られるのであります。独りその中に在って彼れ凡兆の嶄然(ざんぜん)頭角を抜いて居ったことは頗る異とするに足ると思います。

彼が『猿蓑』選集という事以外には、俳句界に於て殆(ほとん)ど無名の士ともいうべき境遇に在ったことは――芭蕉をはじめ他の俳人の多くはいわゆる俳人らしい行動を取って居った中に覚えず微笑を禁じ得ません。彼は決して俳人として何ら特別の行動を取らなかった人らしく想像されます。普通の人として、医師として、遂には牢獄に這入った浮世の人として彼の世を終ったことでありましょう。そうしてこれはまた凡兆を、俳句界に於て重からしむるとも軽からしむる所以では無いと思います。

その他の作家　以下蕉門の全況に亘って一瞥します。

まず江戸には其角、嵐雪の外に杉山杉風（さんぷう）があります。これは芭蕉がはじめて江戸に出た当座からの老弟で、温謙で、蕉門の子貢なりと称せられた人であります。聾俳人でありました。その他、桃隣（とうりん）、利牛（りぎゅう）、嵐蘭（らんらん）などいう人があります。

ふり上る鍬の光や春の野ら　杉風
がつくりと抜けそむる歯や秋の風　同
鐘の音物にまぎれぬ秋の暮　同
川添の畠をありく月夜かな　同
手をかけて折らで過行く木槿（むくげ）かな　同
御火焼や鍛冶が伝へし古烏帽子　桃隣
山畑に猪の子来たり今日の月　同

稲妻や二荒山の根なし雲　同
埋火に酒あたゝむる霜夜かな　同
町中へしだるゝ宿の柳かな　利牛
子は裸父はてゝれて早苗舟　同
扇屋の暖簾白し衣がへ　同
望汐の橋の低さよ今日の月　同
あやまりてきゝうおさゆる鰍かな　嵐蘭

焼蚊辞を作りて

子やなかん其子の母も蚊の喰ン　同

尾張には、杜国、野水、越人、荷兮、露川、重五。

馬はぬれ牛は夕日の村しぐれ　杜国
露の朝せんだんの実のこぼれけり　同
うれしきは葉がくれ梅の一つかな　同
一色も動く物なき霜夜かな　野水
永き日や油しめ木のよわる音　同
山吹のあぶなき岨のくづれかな　越人

茶の花やほる、人なき霊聖女　越人
かつこ鳥板屋の背戸の一里塚　同

別僧

ちるときの心やすさよ米囊花　同
花に埋れて夢より直に死なんかな　同
山寺に米搗くほどの月夜かな　同
春めくや人さま〴〵の伊勢参り　荷兮
暁の釣瓶にあがるつばきかな　同
こがらしに二日の月のふき散るか　同

隠士にかりなる室をまうけて

あたらしき茶袋一つ冬籠　同
時鳥雪ふみはづし〳〵　露川
葛城の神もおたちか小夜しぐれ　同
元日の木の間の競馬足ゆるし　重五
山柴にうら白まじる竈かな　同
夏川の音に宿かる木曾路かな　同

美濃には、支考、惟然があります。支考に就ては後説する所があります。

別る、や柿喰ひながら坂の上　惟然

伊賀の山中に阿叟の閑居を訪ひて

松茸や都に近き山の形　同
こがらしや刈田の畦の鉄気水　同
ひつぱりて蒲団に寒き笑かな　同
ひだるさになれてよく寝る霜夜かな　同

伊勢には、涼菟、乙由。この二人も支考一派と同じく堕落派でありますが、乙由に至っては特に甚だしいのでありまして、改めて後説する所があります。

宮島や廻廊に夜の明け易き　涼菟
朝霧や廊下をのぼる人の声　同
野の宮の鳥井に蔦もなかりけり　同
凩の一日吹て居にけり　同

芭蕉の生国、伊賀には、土芳、猿雖が居ります。

かげろふやほろ〳〵落る岸の砂　土芳

翁を茅屋に宿して

おもしろう松笠もえよ薄月夜　同

奈良

小男鹿の重なり伏せる枯野かな　同

いざよひは闇の間もなし蕎麦の花　猿雖

あれ〳〵て末は海行く野分かな　同

物かくに少しは高き炬燵かな　同

近江には丈草の外、正秀、乙州、智月尼、千那、曲翠、木節、路通、許六、尚白等。うち森川許六は彦根の藩士で芭蕉晩年の弟子でありますが、芭蕉の歿後はその才をたのんで傲慢不遜で、支考などと共に蕉風低下の責を負うべき一人かもしれません。

しがらきや茶山しに行く女婦づれ　正秀

唐網の袖濡れて聴く鶉かな　同

鑓持のなほ振立つる時雨かな　同

夕立や川追ひあぐる裸馬　同

酒買に船漕もどす月夜かな　同

海山の鳥鳴立る雪吹かな　乙州

小仏を集めて涼し浮御堂　同

高燈籠ひるは物うき柱かな　千那

若竹や煙の出づる庫裏の窓　曲翠

明星やをのへに消ゆる鹿の声　同

芭蕉庵のふるきを訪

菫草小鍋洗ひし跡や是　同

幻住庵山上

啄木鳥（きつゝき）の柱をつゝく住居かな　同

ただ暑し籬（まがき）によれば髪の落つ　木節

彼岸まへさむさも一夜二夜かな　路通

大仏のうしろに花のさかりかな　同

菜の花の中に城あり郡山　許六

有明となれば度々しぐれかな　同

木曾路に

やまぶきも巴も出（いづ）る田植かな　同

一竿は死装束や土用干　同

十団子（とほだご）も小粒になりぬ秋の風　同

此秋は月見の友も替りけり　許六

嫁入の門も過ぎけり鉢叩　同

菜畑や二葉の中の虫の声　尚白

此頃は小粒になりぬ五月雨　同

ふりかねてこよひになりぬ月の雨　同

母におくれける子の哀を

をさな子やひとり飯くふ秋の暮　同

我書てよめぬもののあり年の暮　同

京都には去来の外、風国、史邦。

便船や雲雀の声の潮ぐもり　史邦

馬士の謂次第なりさつき雨　同

時鳥啼くや木の間の角櫓　同

送り火や後ろ下りの袴腰　同

大阪には、之道、呑舟、舎羅。

灌仏や釈迦と提婆は従弟どし　之道

その他、加賀の北枝、越前の野坡、越中の浪化、信濃の曾良、長崎の卯七等、以て元禄時代の盛況を知ることが出来ましょう。

元日や畳のうへに米俵　北枝
鳶の巣と知れて梢に鳶の声　同
田を売りていとゞ寝られぬ蛙かな　同
おしわけて見れば水ある芒かな　同
夜寒さや舟の底する砂の音　同
乳を出して船漕ぐ蜑や露時雨　同
長松が親の名で来る御慶かな　野坡
夕涼みあぶなき石にのぼりけり　同
山臥の火を切こぼす花野かな　同
秋もはや雁下りそろふ寒さかな　同
暖かに宿は物食ふ時雨かな　同

旅寝のころ

小夜時雨隣の臼は挽きやみぬ　同

待春や机に揃ふ書の小口　浪化

鶯の啼くやくまなき大座敷　同

瀬の音の二三度かはる夜寒かな　同

悲しさや時雨に染まる墓の文字　同

春の夜やたれか初瀬の堂籠　曾良

月鉾や児の額の薄粧　同

加賀の全昌寺に宿す

終夜秋風きくや裏の山　同

むつかしき拍子も見えず里神楽　同

太箸をいたゞいて置く内儀かな　卯七

鷹狩や侍衆の蓑と笠　同

蕉門以外

芭蕉と略時代を同じくして、芭蕉の門人に非ざる人に就いて一言致します。

鬼貫　上島鬼貫は摂州伊丹の人。元文三年八月二日歿、年七十八。芭蕉より十六七年若いのでありますが、八歳の時已に、

こいくといへど蛍が飛んで行く　鬼貫

の吟があったと自らその著『七車』の序に書いております。早く重頼、宗因と交友があり、やがてそれを脱して卓然、一家を成したのであります。
従来の遊戯的な滑稽諧謔ということより、もっと真摯な、もっと自然な道を求めたということ――「まことの外に俳諧なし」と喝破してここに安住したということが彼の態度を一貫した大きな特徴をなして居ります。例えば次の如き言を見ることが出来るのであります。

乳ぶさを握るわらべの、花にゐみ月にむかひて指ざすこそ、天性のまことにはあらめかし。いやしくも智恵といふもの出て、そのあしたをまち、其夕をたのしとするより、偽のはしとはなれるなるべし。

これは『七車』序の一節であります。芭蕉は鬼貫とは関係なく大業を完成し、鬼貫は芭蕉とは関係なく旧套を脱却したのであります。その到達し得た処は同じく高い文学としての俳句の境地でありますが、ただ芭蕉のなした仕事があまり偉大で且（か）つまた多くの高弟達がこれを囲繞（いにょう）したために、鬼貫の業績はこれに圧倒された形にならざるを得ませんでした。殆（ほとん）ど時を同じくしてこの二人の革新者が現われたということは全く機運が然らしめたと言うよりほかありません。以下の各句も芭蕉に比較すると遜色が感じられますが、貞徳、宗因と並べるならば明らかに最早その比ではないことが分るはずであります。『独言』という俳論集もあります。

鶯や音を入れてたゞ青い鳥　鬼貫
麦蒔や妹が湯を待つ頬冠り　同
春の水ところ〴〵に見ゆるかな　同
遠う来る鐘の歩みや春霞　同
草麦や雲雀があがるあれ下る　同
骸骨のうへを粧て花見かな　同
行く水や竹に蟬鳴く相国寺　同
吹くからに薄の露のこぼるゝよ　同
ゆがんだよ雨の後の女良花　同
月代や昔に近き須磨の浦　同
行水の捨処なし虫の声　同
枯芦や難波入江のさゝら波　同
水鳥の重たく見えて浮みけり　同
ひう〳〵と風は空ゆく冬牡丹　同
何故に長みじかある氷柱ぞや　同
つく〴〵ともの、はじまる火燵かな　同

あたゝかに冬の日なたの寒さかな　同

その他　芭蕉と同じく季吟の門に山口素堂（そどう）があります。葛飾に住んだのでその一派を葛飾風と称されています。その門人に長谷川馬光（ばこう）があります。

春もはや山吹白く苣（ちさ）苦し　素堂

目には青葉山郭公（ほととぎす）はつ鰹　同

綿の花たまく蘭に似たるかな　同

名も知らぬ小草花さく野菊かな　同

三日月にかならず近き星一つ　同

宗因の門に小西来山（らいざん）があります。摂津今宮住、十八歳にして俳諧点者となったと伝えられて居ります。享保元年、素堂と同年の歿であります。

東雲（しののめ）や月は西入る夏の海　来山

来る秋や住吉浦の足の跡　同

我が寝たを首上げて見る寒さかな　同

重頼の門に池西言水がありました。奈良の人で京都に住みました。

木枯の果はありけり海の音　　言水

の一句によって、木枯の言水と称せられる人であります。その他、

釣りそめて蚊帳おもしろき月夜かな　　同
早乙女の見に行宮の鏡かな　　同

貞徳から談林に移り蕉風に化した人に伊藤信徳があります。

名月や今宵生るゝ子もあらん　　信徳

女流俳人

元禄時代にはまた女の俳人が輩出致しました。その主なるものは、大津、乙州の母の智月尼、伊勢松坂の園女、凡兆の妻の羽紅、丹波のすて、江戸の秋色等があります。何れも当時の選集に名を連ねている作家であります。

鶯に手元やすめん流しもと　智月

あるなきと二本さしけりけしの花　同

ふたつあらばいさかひやせん今日の月　同

蛬なくや案山子の袖の中　同

御火焼のもりものとるな村からす　同

手をのべて折ゆく春の草木かな　その

鼻紙の間にしぼむ菫かな　同

梨の葉に鼠のわたる戦ぎかな　同

更衣自ら織らぬ罪深し　同

負うた子に髪なぶらるゝ暑さかな　同

駒鳥の声転びけり石の上　同

桃柳くばりありくや女の子　羽紅

縫物や着もせでよごす五月雨　同

霜やけの手を吹いてやる雪まろげ　同

我子なら供にはやらじ夜の雪　同

六歳の時の吟

雪の朝二の字二の字の下駄の跡　すて

うき事になれて雪間の嫁菜かな　同

みすさげて誰妻ならん涼舟　秋色
井戸端の桜あぶなし酒の酔　同
蜆とり早苗に並ぶ女かな　同

芭蕉時代概観

この芭蕉時代の俳句は花鳥諷詠という立場から見てどういう位置におかれているかということを申し陳べて見ます。

芭蕉時代になりますと、これまで滑稽諧謔を専らとして笑うことのみを目的として居った俳句を極めて真面目なものとし、寧ろ憂いをもととして居る、厭世的とでもいいますか、そういう俳句を作るようになったのであります。

尤も芭蕉その人は始めの間はやはり滑稽諧謔を旨とする俳句を作って居ったので、それらの句も句集の中に沢山残っているのでありまして、私がここに取出して見ようという俳句、即ち特に芭蕉時代というものを創り出したところの俳句は彼が死ぬる前殆ど十年間許りの間に出来た句であります。

うきわれを淋しがらせよ閑古鳥　芭蕉

昔より閑古鳥というのは時鳥の一種であろうと思います。時の鳥と書いたほととぎすと、郭公と書いたほととぎすの二種がありますが、この郭公というのがこの閑古鳥であろうと思います。これは深山で昼なく鳥で、カッコー、カッコーと啼く声は、物淋しいものであります。この俳句の意味は元来、憂き我だ、心に憂いを抱いて居る我である、が唯、淋しさに居て憂き我の更に憂きことを味わうのが一番のぞみである。物憂い我を更に淋しがらせて呉れろ、閑古鳥、と閑古鳥に向かって呼び掛けたような句であります。これも、閑古鳥という鳥に対する情懐が土台に成って居ることは申す迄も無いのでありますが、その上作者自身が自身をうき我と呼んでおって作者の人生観が現われます。

うき人の旅にも習へ木曾の蠅　芭蕉

これは、木曾の宿に泊った時分に、蠅がうるさかった、さてもうるさい蠅ではある、憂き人の旅に習って、少しは物静かにしたらよかろう、と云ったので、憂き人というのもやはり芭蕉自身のことであります。木曾の蠅のうるさい事を憎むのではありますけれども、その心の底には、蠅に思いを遣って蠅という動物を必ずしも憎むのでないと云う心持が出て居ります。

初時雨猿も小蓑をほしげなり　芭蕉

冬も漸(ようや)く寒くなって来て、もう時雨が降る頃になった。初時雨が降った、ふと見ると木に止って居る猿が、しょんぼりとしている。人は蓑を着て居るのであるが、猿も時雨に濡れるのはもの憂い、やはり蓑が欲しそうだ、とこう考えたのであります。「小蓑」といったのは、猿のからだは小さいから人間の蓑ほど大きくなくってよい、小さい蓑が欲しげだ、とこう云ったのであります。これも猿が蓑を欲し気だと云う、猿を哀れんだ心持が表面では主にあって居る様でありますが、やはり時雨と云う、枯らびた味わいのあるものに対する作者の情懐が根柢となって居ることは申す迄もありません。

住みつかぬ旅の心や置炬燵　芭蕉

宿屋に泊った。寒い時分であるから炬燵をしてもらった。が、その炬燵は畳に切り込んである炬燵ではなくって、置炬燵である。旅宿というものは、今日泊ってあす立つ。如何にも慌しい果敢(はか)ない気持のするものである。心が落付かない。それを「住みつかぬ旅の心」と云ったのであります。畳に切り込んである本当の炬燵なら、住みつかぬ旅であっても稍々(やや)落付きもしようが、置炬燵である処が、如何にも住みつかぬ、という旅である感じを深くする、といったのであります。これは旅情をうたっていますがまた炬燵に対する諷詠の心があります。

行脚(あんぎや)年を重ねて東武に帰りて

ともかくもならでや雪の枯尾花　芭蕉

多年行脚をして居ったのが江戸に帰った、という前置で、扨(さ)て俳句は、尾花というのは秋の芒(すすき)のことでありまして、秋、芒が穂に出ると風になびいて淋しいながらも美しい、が冬になって枯れ果てると、黒ずみ、しなび、ちぎれ、折れて、如何にも哀れなものになる。その上に雪が降り積むと、その様は更に儚(はかな)いものであって、人生の果てを思わしめるようなものである。自分は旅に出て南船北馬、憂き月日を重ねた、よくも生きて居たものである、ともかくも生き永らえてまた江戸に帰って来た自分は、恰(あたか)も雪の枯尾花のようなものである、とこう云ったのであります。この句も自分の身の上を詠じたのでありますが、やはり枯尾花に対する吟詠の情が根柢となって居ます。

　これらの句を読んで見ますと、芭蕉以前に比べていかに俳諧の天地が一転化したかに驚かれるでありましょう。只、洒落ばかりを云って喜んで居ったものが、急にしんみりして物哀れに淋しい、心持を詠って居るのに驚かれるでありましょう。前には滑稽諧謔を闘わした時代が、凡(およ)そ二百年もの長い間うち続いたのでありますが、芭蕉が出て来て俳句の天地を一変させてしまって、恰(あたか)も僧侶が飛花落葉を見て人生の果敢ないことを観じたり、祇園精舎の鐘の声を寂滅為楽の響きと聞いたりするのと同様に、味気なき人生を詠嘆する、淋しい味わいを常に忘れずに思いつづけておる、所謂(いわゆる)閑寂趣味の句を作り初めたのであります。

白露に淋しき味を忘るゝな　芭蕉

という芭蕉の句がありますが、芭蕉は常にそういう心でいたのであります。

併しこれらの句も、その根柢には花鳥風月というものをどこまでも基本として置いておる。花鳥風月を吟詠しながら人生に対する情懐を陳べておるのでありまして、やはり花鳥諷詠であることは申すまでもありません。

以上陳べたことによって芭蕉の俳句界に於ける功績は大きいのでありますが、もひとつ閑却の出来ないことがあります。それは滑稽諧謔を闘わすとか、厭世的の人生観を詠うとかいうのではなく、純粋の意味に於ける花鳥諷詠ということをしたということであります。それは次の如き句をしらべることによって明瞭になります。

古池や蛙とびこむ水の音　芭蕉

深川の庵の庭に古い池があった。春の物静かな日、芭蕉はひとり草庵に居た、ときどき木の間にあたって幽かな物音が聞える。何であろうかと思うと、それは蛙の水に飛び込む音である、というのであります。この句も例の芭蕉の閑寂を愛する心持から出来た句ではありますが、而しそれは裏面にあるのでありまして、表面は古池に飛び込む蛙を詠じて居る。即ち、今迄はとかく滑稽を詠うとか、憂いを語るとか云う事が主であって、花鳥は裏面にあったに過ぎないのでありますが、それが表面に顔を出し花鳥諷詠詩であることを一見して判るようにしています。

ほとゝぎす大竹藪を洩る月夜　芭蕉

空にはほとゝぎすが啼き過ぎた、目の当りは一面の大竹藪である。その竹藪には薄月がさし込んで居る、と云う京の嵯峨野あたりの句であります。

草の葉を落つるより飛ぶ蛍かな　芭蕉

草の葉に止って居た蛍が落ちた。ああ落ちた、と思ったが、そのまま曲線の柔かな光りの線を描いて飛んで行ったと云う句であります。この句の如きは、蛍そのものを詠じた句であります。

手はなせば夕風宿る早苗かな　芭蕉

早苗を植える時分には、指で早苗の根をかこう様にしてつっ込むものであると云う事をきいて居りますが、植え終って手を離すと、早夕風(はや)がその早苗に宿っていきいきと吹き靡いておる、という句であります。この句も早苗そのものを詠じた句であります。

木の下に汁も膾(なます)も桜かな　芭蕉

桜の咲いて居る下で、お花見をして居る模様を云ったのであります。昔の悠長な花見であったから、吸物をこしらえる鍋までを携えて行ったのであります。それらの汁の上にもまた、膾——大根や肴を酢で和えたもの——その膾も皆一面に落花が降りかかっておる。と、そう云った景色であります。これらは、滑稽も無ければ、哀愁も無く、只花見のむしろに美しく落花しておる模様を詠じたものであります。

山桜将棋の盤も片荷かな　芭蕉

これも同じく、昔の悠長な花見の模様でありまして、山桜とありますから、山に咲いて居る桜を見に行く時分に、下部の男に荷を担わせて行く、その荷の片方に弁当なり、毛氈なりが積まれているのであるが、片方の荷には将棋の盤が積まれて居る。そういう物を担ってお花見に行くと云うのであります。将棋盤を片荷に担って行くと云うことは、悠長な元禄時代でも、格別目に着いた面白い事柄であったのでしょう。これもお花見の模様を詠じたものであります。

青柳の泥に枝垂る、汐干かな　芭蕉

汐干と云うのは、春の大潮の時に汐が干る、その模様を云ったのであります。柳が芽を吹いて青々とした柳になる。その柳の枝は長く垂れて、殆ど泥につく位になって居る。汐が満ちた時分は汐の上に垂れているのでありましょうが、汐が全く引いている為に泥の上に垂れて、それが青柳の美しい優しい姿を、殊に美しく、優しく見せて居る、その有様を讃美して云ったものであります。

清滝や波にちりこむ青松葉　芭蕉

清滝という所は、京の西郊にある名所でありまして、高尾の下を流れている川が清滝川となって、その清滝と云う所を流れて居る。その水は清く澄んだ水である。岸辺にある松の青い松葉が波を立てて流れて居るその水に散り込む、と云う句であります。境の清くすがすがしく静かな光景を現わして居ります。これも清滝に散り込む松の落葉を詠じた句であります。

五月雨の雲ふき落せ大井川　芭蕉

昔の大井川は、水が出ると川止めになって、雨が霽れて水が減る日迄幾日でも両岸の宿屋に滞在して居なければならんと云うことでありました。芭蕉もその川止めに逢った時に出来た句でありましょう。さてもさてもしつこい雨ではある、空は五月雨の雲が、畳み畳み閉ざして居って、中々晴れそうな気色がない、どうか風が吹き起って、あの雲を吹き落して、からりと晴れてくれればいいになあ、と云う句であります。五月雨の模様をうたった句であります。

五月雨を集めて早し最上川　芭蕉

これは芭蕉が、奥羽地方から北陸道を旅行して、殆ど百五十日にも亘る大旅行をして、『奥の細道』という紀行文を書いた、その時最上川に出た時分の句であります。折節、五月雨が降って居る、最上川の水が、滔々として流れて居る、晴るる時なく降りしきっておる五月雨が最上川に集まってそれで物凄く早く流れているのである、と感じて作ったのであります。五月雨の頃の最上川の豪壮な景色をうたったのであります。

荒海や佐渡に横たふ天の川　芭蕉

これも『奥の細道』の時分に、越後の出雲崎という所で出来た句であります。日本海の秋は曇りがちの天候であって、海は常に荒れて居ります。この夜は明らかに晴れ渡っておったのでありましょうが、海はやはり荒れて居った。天気のよく晴れた時分は、佐渡ヶ島は彷彿の間に見ることが出来る。大空に懸って居る天の川は、遠く佐渡の方に流れ横たわって居る、という句であります。私が出雲崎に行った時分に、事実天の川は佐渡の方に流れよこたわって居ない、と云う様な事を同地の人が云って居りましたが、正しく佐渡の方に流れて居ないにしても、大空に横たわっている天の川を見上げた時には芭蕉にそう感じられたものでありましょう。これも天の川を詠った俳句であります。

九月九日

菊の香や奈良には古き仏たち　芭蕉

昔、旧暦の九月九日は、重陽の節と申しまた菊花の節とも申しまして、高きに登って菊の酒をのみ、――菊は寿（いのちなが）しといって祝福し、菊の酒を飲むという習わしがある。――詩を賦し、文を嘱した、と云います。その九月九日で、うき世の人は酒をのみ、詩を賦し、長寿を祝う時であるが、奈良には古い仏さまが沢山おいでになる、古い都の奈良は今めかしく菊花の盃を挙げる人も無いが、唯、菊の花が匂うていて、古い仏様達がおいでになるのであると云ったのであります。これは古き都の重陽の節を詠ったものであります。

芭蕉の句はこれ位にして置いて、門弟達の句を吟味して見ましょう。

春雨や屋根の小草に花咲きぬ　嵐虎

春雨がしとしと降って居る、ふと見ると屋根に生えて居る小さい草に花が咲いて居る、と云う句であります。物静かな春雨の日の、或る伏屋（ふせや）の様が描かれて居ります。

旅枕鹿のつき合ふ軒の下　千里

「旅枕」とありますから、多分奈良に泊った時の句でありましょう。奈良は鹿が勝手に市中も往来して居る、昔は今ほど鹿の管理も行き届いて居なかった事と想像しますが、旅寝のことであるから、夢が破れ易く、ふと、カツカツ云う音に目を覚まして、何事かと雨戸を開けて二階から見下して見ると牡鹿が二匹、その家の軒下で、角をあてて格闘して居るのであった、という句でありましょう。この句は旅情、という様なものも多少はありますが、寧ろ、鹿の突き合っていると云う事に興味を持って出来た句と思います。

朝顔やぬかごの蔓のほどかれず　及肩

朝顔の蔓に、また、ぬかごの蔓がからみついている。朝顔が可哀そうであるから、そのぬかごの蔓をほどいてやろうとするけれども、その蔓は中々ほどかれない、と云う句であります。これも朝顔というものを懐かしんで出来た句であります。

かく弟子達の句を挙げて来ると、結局また凡兆のことを一言いわねばなりません。この凡兆と云う俳人は、前にも申しました通り、芭蕉時代の盛期を代表して居る『猿蓑』と云う書物の選者の一人であります。今挙げた芭蕉の弟子達の句も皆『猿蓑』にある句でありますが、その『猿蓑』の選者の一人であります。最も純粋な意味に於ける、花鳥諷詠、と云う事を意識して居ったかどうかは判りませんが、とにかくそれを強調した作者でありまして、その点から云えば最も偉い作家と云わねばならんと考えるのであります。立派な花鳥諷詠詩が数十句あるのであります。茲にも一度その二三句を挙げて見ましょう。

上ゆくと下くる雲や秋の天　凡兆

これは秋の天が高く澄んで居る模様を云ったのであります。澄んで居るとはいうものの、大空に白雲が、ちぎれちぎれにある、上の方の雲は向こうの方に行って居る、下の方の雲はこちらへ来て居る、とそう云う句であります。上層下層の雲が方向を違えて運行して居ると云う事を捕えて、秋の空の模様を詠じた処は凡兆の頭の働きが時流を抜いて卓越して居ったと云わねばなりません。

三葉ちりてあとは枯木や桐の苗　凡兆

苗木の桐の木が有る。葉は沢山について居らず、只、三つだけついて居った。その三つだけ落ちると、もう枯木になって仕舞う、と云うのであります。枯木というのは、冬、坊主になった木を云うのであります。枯木というのは本当に枯れた木で無く、木の葉が落ち、冬枯れて居る木を云うのであります。大きな桐の木であれば何枚も何枚もその葉を沢山に落さなければ枯木にならないのでありますが、桐の苗木は、只、三葉だけ落したのでもう枯木になった、というのであります。桐の木というものは、真っ直ぐに立って居る。すぽっとした木でありますから、その桐の苗木の枯木になった模様が特に凡兆の心を刺戟したものと思います。

渡りかけて藻の花のぞく流れかな　凡兆

小流れがありまして、その流れを跣足になって渉って居る時分に、ふと、中流に来た時分に下に藻の花が咲いて居るのを覗いた、と云う句であります。「のぞく」と云う言葉がある為に、その藻の花は水の表面にあるのではなくて、水の中に咲いているのであることが解ります。わたりかけた、とある為に、何心なく渡って居たのが、藻の花に気を取られて水中深く覗き込んだ心持が受取られます。

こういう純粋な意味に於ける花鳥諷詠の句が生れたと云う事は、この芭蕉時代の著しい特色とせねばなりません。

併し芭蕉は人生は中有の旅と観ずる仏者の考えをそのままに受入れて居った人であります。その半生は好んで旅行をしたというのも、『奥の細道』に書いてあるように、

月日は百代の過客にして、行きかふ年も又旅人なり。舟の上に生涯をうかべ、馬の口とらへ

て老を迎ふるものは、日日旅にして旅を栖とす。古人も多く旅に死せるあり。予もいづれの年よりか片雲の風にさそはれ、漂泊のおもひやまず、云々。

と言っています。

こういう芭蕉であったのでありますから、勢い厭世の思想をうたい閑寂の句を好むようになるのは免れ難いところであります。その純花鳥諷詠の句というものも、前陳べた如く稀にはありますが、その数は少く、やはり芭蕉その人の感懐をうたったという句の方が多いのであります。そのいい例は、

病雁（やむかり）の夜寒に落ちて旅寝かな　芭蕉
海士（あま）の屋は小海老にまじるいとゞかな　同

という二句について『去来抄』という書物に去来、凡兆、芭蕉三人の意見が出ています。一寸（ちょつと）面白いと思いますからここに挙げて見ます。

猿蓑選の時、此うち一句入集すべしとなり。凡兆曰、病雁はさることなれば、小海老にまじるいとゞは、句のかけりこと更新らしくまことに秀逸なりといふ。去来曰、小海老の句は珍らしといへど、其物を案じたる時は、予が口にもいでん、病雁は格高く趣かすかにして、い

かでか爰を案じつけんと論じ、遂に両句とも乞うて入集す。其後先師曰、病雁を小海老など丶同じ如くに論じけるやと笑ひ給ひけり。

とあります。

芭蕉は純花鳥諷詠の句である小海老の句より、人になぞらえた病雁の句に重きを置いたのであります。凡兆はこれに反して病雁の句の人間臭いのよりも小海老の方をとったのであります。これを見ても判るように芭蕉時代は純花鳥諷詠というものは稀でありました。

根柢は花鳥諷詠であるけれども、閑寂趣味をうたうというものの方が多かったのであります。そういうものを俳句と心得ていました。蕪村時代になってこの純粋の意味に於ける花鳥諷詠の句というものは多くなりました。

支麦時代

元禄七年、芭蕉が歿した後の俳句界は再び混迷に帰したといってよいのであります。全国に散在した芭蕉の門弟達が各々自説を確執して譲らず、徒に論難を事とし、其角、嵐雪、去来等の力を以てしてもそれを如何ともすることは出来ませんでした。この俳句の戦国時代に乗じて益々俳句界を掻き廻したのが次に述べる支考であります。涼菟、乙由なども相前後して蕉風俗化に拍車をかけた感があります。支考と麦林舎乙由をつづめて支麦といい、この時代を支麦時代と称します。

支考　各務支考は美濃の生れ、初め坊主でありましたが、やがて僧門を去って医者を業としました。元禄三年蕉門に入るとありますから、芭蕉晩年の弟子であります。東花坊、蓮二坊などの号があります。芭蕉生前は神妙でよかったのでありますが、芭蕉歿後がよくないのであります。遂に芭蕉の衣鉢を伝うるものは我独りなりと放語して数多あやしげな著書を刊行し、殆ど低俗いというべき句を吐きつつ、口では豪そうなことを揚言し、汎く世人を瞞着して敢えて恥じなかったのであります。

越人の著に『俳諧不猫蛇』という本があります。それは支考の著書が如何に出鱈目であるかを説破したものでありますが、言々句々凡て支考罵倒の文字で埋って居ります。その一節、

芭蕉に十年、二十年も随身したか、不屈者也。汝等が云所何ぞ芭蕉にあるべし。我に逢て申て見るべし。恐らくは芭蕉の当流建立の趣意、汝等ごとき者共の知る事にてなし。（中略）おのれが掃溜の様成書に本朝文鑑、何共云に詞なき馬鹿也。仰山なる題号、疑もなく乱心物狂ひの至極なり。末に云ふ、十論にも此類ばかり也。人に高振、狸の草村を宮殿楼閣と見せ、人を化す如く、一ツも実と云事なし、無類の化物也。

『本朝文鑑』、『俳諧十論』、みな支考の著書であります。この『不猫蛇』は主として『十論』を論駁したものであります。些か当時の乱脈を知るに足ります。

また彼の君子人の如き杉風すら、支考の傍若無人の放言を甚だしく立腹して「かれ若し東武に脚を入るゝことあらば、両足を切り払ひくれんず」と息巻いたということであります。

支考はかくの如く、同時代の先輩に罵倒された許りでなく、後世、蕪村の門人召波からも俳魔支考と罵られました。後輩からあなどられる許りでなくこの後とも長く万代に亘って罵られて然るべき人物かと考えます。後年、自ら死んだと称して故園に隠れ、ひそかに世評を覗ったというに至ってはその所行、言語に絶せりといわざるを得ません。この一派を美濃派といいます。さればその句も、

羽二重の膝に倦てや猫の恋　支考
そこもとは涼しさうなり峯の松　同
梅は先散て見せたる手本かな　同
枯たかとおもうたに扨梅の花　同
うぐひすの肝つぶしたる寒さかな　同
早わらびの何かは握る袖のうち　同
款冬に春をわたして青葉かな　同
板の間に出てや蚤も桂馬飛び　同
きんかには蓋してありく団かな　同
侍は腹さへ切るに巨燵かな　同

俳諧師見かけて啼や諫鼓鳥（かんこどり）　同
筍（たけのこ）の合羽着て出る入梅かな　同

などの如きもので、ただ次の如きは彼の作中やや神妙な部類に属すべきものであります。

涼しさや縁より足をぶら下げる　支考
しかられて次の間へ立つ寒さかな　同
苗代を見て居る森の烏かな　同
船頭の耳の遠さよ桃の花　同
春雨や枕くづる、謡ひ本　同
牛叱る声に鴫（しぎ）たつ夕かな　同
初霜や芦折れちがふ浜堤　同
金堂に雀なくなり夕しぐれ　同

乙由　麦林舎乙由は伊勢の人、涼菟の導きによって、支考と同じく芭蕉晩年の弟子となりました。支考の美濃派に対してこの一派を伊勢派と呼びます。支麦の徒といえば堕落者の代名詞であります。

きつとさせて見たひ日も有柳かな　乙由

花さかぬ身をすぼめたる柳かな　同

折ふしは風に腹立つ柳かな　同

畠人と一度に休む柳かな　同

夕風や己が花掃く糸ざくら　同

燕や何を忘れて中がへり　同

結構な日を啼くらす蛙（かはづ）かな　同

山梔子（くちなし）の花にも恥よ行々子（ぎやうぎやうし）　同

針有と蝶に知らせん花薔薇　同

散る時にねばりは見えず黐（もち）の花　同

鎌倉は夏さへ寒し雪の下　同

若竹や雪の重みはまだ知らず　同

星合や顔隠すほど雲のきれ　同

鶏頭に酒の足らぬはなかりけり　同

寝た家を白眼むやうなり今日の月　同

鹿の声心に角はなかりけり　同

年内立春

佐保姫の荷は届たり年のうち　同

拾はれぬものは言葉の落穂かな　同

彼の千百の句皆これで俗臭巻を埋めて居ります。その中に稍々(やや)句らしいものが無いでもありません。

木菟(きっき)の目(ま)たゝきしげき落葉かな　乙由

吹かれ来て畠に上る千鳥かな　同

その他　支麦の徒以外、弊を遺したものは其角でありました。支考、乙由が平俗調を瀰漫させ始めた時分、其角は何をしていたかと申しますと、洒落風という難晦な謎のような句に沈潜して外の人に分ろうが分るまいがそんなことには一切頓着なく、独りよがりな句を作って喜んでいたのであります。この洒落風を伝えて益々(ますます)奇怪なものにしたのが江戸の沾徳(せんとく)、浪花(なにわ)の淡々(たんたん)であります。その他江戸には不角(ふかく)の化鳥風(けちようふう)などという一派がありましたが、何(いず)れも判じ物の類で更に何のことやら分らんのであります。

いざよひや龍眼肉のから衣　其角

海に濡てかはくや月の東山　沾徳

としの内に日光はさぞ初霞　淡々

秋の雲泪なそへて鼻毛ぬき　不角

也有　俳句精神の堕落は享保年間その極(きわみ)に達したのでありますが、その間特異な存在をなすものは横井也有(やゆう)であります。也有は尾張の藩士で、致仕して城南前津(まえづ)に卜居し、『鶉衣(うずらごろも)』以下多くの俳文を遺して居ります。その俳句は概して軽妙、滑稽を主としたものでありますが、一種の趣を蔵しておって後世の一茶を思わしめるような所が無いでもありません。

山寺の春や仏に水仙花　也有
年寄の腹立春の寒かな　同
御所へ落てしかられにけり凧(いかのぼり)　同
出代(でがはり)やかはる箒のかけどころ　同
信濃路は雪間を彼岸参りかな　同
見付たり蛙に臍のなき事を　同
山寺に斧の谺(こだま)や夏木立　同
覚書して捨られぬ扇かな　同
二三枚絵馬見て晴るしぐれかな　同
葬礼の片寄せて行鷹野かな　同
山は時雨大根引くべく野はなりぬ　同

朝々の釣瓶（つるべ）にあがる落葉かな　同

支麦時代概観

この支麦時代の花鳥諷詠というものはどういうものであるかというと、それは例えば、

片枝に脈や通ひて梅の花　支考

この句は、老木の梅を人間に喩えていったものであって、梅の木は老木になると、老梅嵯峨という言葉があるように殆（ほとん）ど朽木同様になってつっ立っておる。かと思うと、その朽木のような幹の片方の枝だけはまだ生きているのであって、その枝だけに梅の花が咲いている、という、よく見るような景色を詠じたものでありますが、その景色を詠ずるというよりもこの句はそれを片枝には脈が通うておって——例えば中風の老人の如く片方の手足はかなわないのであるが、片方の手だけが動くというのはその片方にだけ血がめぐっておるためであろう、というように——その為であろうというように擬人的に即ち無情の草木を有情の人間に喩えていった所に面白味があるのであります。自然現象を観察することをしないで、ただその自然現象に俗情を移すということがその目的であるのであります。これは後にいう化政、天保の時代も同様でありまして、俳句の堕落時代には必ず軌を一にして起る現象であります。

加賀の千代　なお俗間に名高い加賀の千代はこの時代の人で、支考、乙由に学ぶ所が多かったのでありまして、ここに一言つけ加えて置く必要があります。

手折らるゝ人に薫るや梅の花　千代尼

あしあとは男なりけり初桜　同

だまされて来て誠なり初ざくら　同

拾ふものみな動くなり汐干潟　同

ふたつみつ夜に入そうな雲雀（ひばり）かな　同

踞（つく）はうて雲を伺ふ蛙（かはづ）かな　同

けふばかり背高からばや煤（す）払　同

始めて夫に見えたる時

しぶかろか知らねど柿の初ちぎり　同

夫を失ひける時

起て見つ寝て見つ蚊帳の広さかな　同

我子を失ひける時

蜻蛉（とんぼ）釣今日はどこまで行つたやら　同

朝顔に釣瓶とられて貰ひ水　同

大分旧いことでありますが、私はこれらの千代の句をラジオの講演の時或る引合いに出して、多少攻撃したことが有ります。それは何も千代を攻撃することが目的で攻撃したのでは無く、正しい俳句は、芭蕉、蕪村、子規等の句であって、支考、乙由、千代等の時代、並びに梅室、蒼虬等の時代の句では無いと云う事を明らかにする為に、その中でも俗間に有名な加賀の千代の句を挙げて、その理由を説明したのでありますが、そうすると忽ち私の講演に対する非難の手紙が来た。その手紙は、千代などと云われる文学史上に有名な人は猥りに攻撃すべきものでは無い、そういう事をする人は、先人の徳を傷つけるものであって、人間としては甚だ賤むべき行為である、とこういう手紙が来たことがあります。一応は尤もな説でありまして、先人のした事は大概な場合これを尊敬すべきでありまして、殊に文学史上足跡を止めて居る人は、たといその人の足跡が自分達の考えて居る方向とは違った方向にあるものであっても、文学史上に何らかの功績を残して居る人として尊敬すべきものである事は充分に認めて居るのでありますが、只、正しき俳句というものを明らかにする為には、誤った傾向にある人の句を挙げて、これを論評することは止むを得ない事であります。殊に千代の如き、俗間に有名な、婦女子までも洽く知って居る、芭蕉や蕪村を知らない人までも知って居る、恐らく今の一般の人にあなた方の知っている俳人は誰であるかと聞いたならば、一番に加賀の千代であると答えるであろう程有名な千代の句を挙げて、その正しく無いと思う点を明らかにして置くことは当然な事でありまして、それだけ千代その人をも、尊敬して居る事になるのであります。

その千代の句の中でも、一番有名な句は何であるかと申しましたならば、それは「朝顔」の句であろうと思います。

時代と云うものは争われないもので、この時代は各務支考とか、麦林舎乙由とか云う人の勢力が一般の俳句界に及んで居た時代でありまして、蕪村、太祇とかいうような中興の俳人が出て来る前でありますから、一体こういう風の句が全盛を極めて居ったのでありました。千代もこの時代の一人として、こういう風の句を作ったという事は、当然の事でありました。その時代の人としては手腕が有る立派な作者なのでありますから、その時代の代表作家として尊敬して置くべきで猥にこれを非難して徒らに古人を傷つけようとするのはよくないのであります。ちゃんとした俳句の歴史でも編もうという人は、よくこの事を考えて、その時代々の風を考え、その時代の傾向を考えて、その人間の功績を明らかにすることもまた必要でありましょう。だから、この時代の千代としてはやはり進むべき処に進んで立派な功績を残した事になるのでありましょうが、併し今日の我れ我れから見ると、多少気取った趣味の有る句であるということは争われないのであります。

古風な絵本を見た記憶がありますが、その絵には一つの井戸がありまして、その井戸側の上には釣瓶が載せてある。朝顔の花がその井戸の傍に咲いていてその蔓がその釣瓶に巻きついておる。一人の女が水を汲もうとしてその釣瓶に手をかけはしたものの、ふと見ると朝顔がまきついておるので、可憐な朝顔を見守もって、その釣瓶に手をかけた儘でおる。そういう絵が描いてあってその上にこの朝顔の句が書いてあったのを見た記憶があるのであります。無残にその釣瓶の竿を捲ぎとって、朝顔の蔓を寄るべないものにしてしまうに忍びない。これはそのままにして置いて隣りのうちで貰い水をしようという意味の句であります。可憐な朝顔をかくまでに愛憐して、隣りで貰い水をするというまでにしてその朝顔をいたみ哀れむというのはまことに風雅なやさしい心がけであるというそれらのところからこの句は特別有名になったのであろうと思います。

一応きいただけではまことにやさしい女心を云ったもので、有名な句になったのも謂（いわ）れあることだと考えられるのでありますが、少しずつ考えて行くとこの句にあき足らない所がだんだんと出てまいります。

現代の俳人、殊（こと）に私達の仲間の人が、これだけの景色を見て俳句を作るならば、それは単に朝顔の蔓が釣瓶に巻き附いて居た、という事柄だけを叙して、その他の事は何事も云わないだろうと思います。朝顔の蔓が夜の間に延びて釣瓶にからまって居った、という事はひょっとしたら有り得べき事であります。朝顔の性質、朝顔の花の優し味等が、この朝顔の蔓が釣瓶に及んで居るという事実だけを叙しただけで充分そのうちに含まれて居ると思います。それのみならず、そういう事に目を附けて、それを俳句に纏めたということの中に、その人の朝顔の花に対する愛憐の情、それに蔓が巻きついておったという少し許（ばか）りの驚きの情等が、くどくいわずともその句の中に現れて居ると感ずるのであります。即ち、絵で現わした物の全部はそれだけで充分出て居ると考えるのであります。が、千代はそれだけの平明な叙事では満足しなかった。

第一朝顔が釣瓶にまき附いて居たというだけでは承知が出来無くって、朝顔に釣瓶を取られたと云って、朝顔を生物の如く見て、その朝顔が心が有って釣瓶を取ったものの如く見て、そういったのであります。この釣瓶を取られるという風に、物の見方をするという事は、その朝顔を憐れみ愛する感情にもとづくとも云えるのでありますが、それ許りでは無く、感情が直接でなくって、いくらか気取ったところがある言いようであります。素朴な田舎者であったならば「朝顔が釣瓶にまき附いて居る」と云うところを、都会の風流がる人は「朝顔に釣瓶が取られて居ます」と、とかくこう間接に云う傾きがあります。文学というものは、一体に直接の感情を尊ぶのでありまして、間接な、気取ったものの言いようをするのは好まないのであります。この釣瓶取られて、という言葉が既に私達の好まぬところでありまして、なぜ朝顔の蔓が巻きついて居るのならば、蔓が巻き附いて居ると直接に叙さないかと思うのであります。

「貰ひ水」というのは、一寸(ちょっと)きいただけでは朝顔をいつくしむあまりに、その蔓をはずさないように、そうっとして置く為に自分の所の釣瓶は用をなさない、仕方がないから隣で貰い水をするというのであるが、自分の所の釣瓶が用をなさぬと言った処で、その理由が釣瓶が砕けてしまったとか、もしくは井戸の中に落して了(しま)ったという理由ならば隣で貰い水をするというのも不思議は無い。かくかくの理由で困りますから、ちょっとお宅の釣瓶を拝借して水を汲ませて頂きます、というのならば、はいはいお安い御用です、といって勝手に水を汲ませることになるのですが、朝顔の蔓が巻き附いて居る為に釣瓶がつかえないものですから、一杯水を頂戴したいものですが、と隣の家へ行ったものとすると、仮りに私が隣の家の主人であったとしたならば、少しその奥さんは気が変になって居るのではあるまいか。朝顔がからみ附いて居る為に釣瓶が使われないから、水を貰いに来ました、と言うのは正気の沙汰とも思えない。気は変にならない迄も極端な風流がりや、少し気取り過ぎた歯の浮くような細君であると思って虫酸(むしず)が走るように厭な感じを起すでありましょう。それ程に、この貰い水、と云う言葉は些細な事を仰山に、従って変に気取った態度になり、似非風流な言葉であるように感じます。尤も世間の人と云うものは、自分の専門以外の事には感じが鈍いものであります。自分の専門のことなら、少しやり過ぎた事が有るとか、また、くどいと思われると思うような事が有った場合に直ぐ気が附く。そんなに無駄な手数を掛けなくってもよいものであるとか、そんなにやり過ぎた事をするのは却って嫌味になるものとかすぐ気が附くのでありますが、自分の専門外のことになりますと、これでもか、これでもかと畳みかけて強く押し附けるように言わないとその感じを喚び起すことが出来ないのが普通であります。ですから朝顔が一と夜さの間に釣瓶にまき附いて居る事柄を言っただけでは、只それだけの事だけと考えて、一向特別の感興を引起すことが出来無い。だから蔓が釣瓶にまき付いたが為に、お隣でわざわざ貰い水をするくらいに、情しりであるぞよ、と云うと初めて、はあはあなるほど、と如何にもその人の風流な心が思われて、懐かし味を感ずると、世間普通の人は合点するのでありおます。けれども、少なくとも私はそういう態度は好まない、どうしても、その貰い水をしに来た千代なる人は、気が変になって居るとか、もしくは歯の浮くような気取った似非風流な人のようにしか考えられません。

感じは率直に偽わらず、太い線で描き出すような心得が最も大切なことであります。そういう率直な感じは誰にでも快感を与えるものであります。が廻りくどい、理屈っぽい、誇張した、偽善的な感じは一寸人を感じさす力はありますけれども、その力は極めて弱いものであって、一旦誇張した偽善的なものであることが解ると同時に嫌になって来るのであります。この千代の朝顔の句の如きは、その嫌味の句の代表的のものといえるのであります。

ややともするとかくの如き風の句が俳句界に頭を擡げようとして来るのは、庭園でも少し荒蕪に委して置くと、直ぐ雑草が生うのと一般であります。千代のような句は再び今日の時代に盛り返して来はしないかも知れませんが、形を変えた或る物が、私達の隙を狙って常に頭を擡げようとして居るのであります。自然現象の観察をおろそかにして感情の描写にのみ走ろうとすると得てしてこの千代の句のようになるのであります。だからここで千代の朝顔の句を取挙げて長々と申し述べましたことは万更無駄では無いと思うのであります。

蕪村時代

前に申し述べました如く、享保年間、芭蕉の俳句は暗黒の最低に沈没したのでありましたが、それが天明に到ると再び復興して、光明の世界を現出するのであります。その間の消息を今少し詳細に説明しますと、享保十六年、支考が歿し、九年後の元文四年に乙由が歿し、更に五年経過した寛保三年は芭蕉五十回忌に当っております。この芭蕉五十回忌を迎える頃は各地に芭蕉復興の気運が見え初むるのであります。それから八九年を経て宝暦に入り更に明和となると、革新の運動は益々顕著になって大勢は已に争うべくもありません。それから更に安永を経て天明に至ってその隆盛は頂点に達するのであります。この光明時代を将来した人が即ち蕪村であります。その他太祇、蓼太、暁台、蘭更、白雄、樗良、及び蕪村の高弟の几董、召波等であります。以下これらの人達に就いて簡単に申し述べます。

蕪村　与謝蕪村の伝記はあまり詳かでありません。摂津毛馬村の生れであろうといわれていますが、その他二三の異説があります。

几董の『夜半翁終焉記』（「から檜葉」の序）を見ますと、

おしてるや浪速江ちかきあたりに生ひたちて、とりが鳴くあづまのかたに多くの春秋を送り、猶奥の隈々歴遊しつゝ、うちひさす都を終の栖と定め、おもふ事なくてや見ましと、よつの浦天の橋立の辺りに、三とせの月雪をながめ、ふたゝび花洛にかへりて、谷氏を与謝とはあらため申されし也。

とありまして、その概略を知ることは出来ます。

今にしてこれを見れば洵に大きな存在でありますが、当時としてはその勢力はあまねく俳界を蔽うに足る程のものではなく、むしろ江戸の蓼太などの方が遥かに有名であり、世人に影響する所も多かった。その真価を発見して、広く蕪村の偉大さを世に知らしめたのは明治の子規であります。その間百余年、蕪村の珠玉の句は殆ど暗黙の間に埋れて居ったといってよいのであります。従って作句の時期もまた、晩年に多いのであろうと推察される程度に止まり、正確にこれを知ることは出来ないのであります。

天明三年十二月二十五日歿。年六十八。山城一乗寺金福寺に葬る。この天明三年は即ち芭蕉九十回忌に相当し、昭和七年は蕪村百五十回忌に相当して居ります。

三椀の雑煮かゆるや長者ぶり　蕪村
やぶ入や浪花を出（いで）て長柄川　同
七くさや袴の紐の片むすび　同
凧（いかのぼり）きのふの空のありどころ　同
春月や印金堂の木の間より　同
女倶して内裏拝まむおぼろ月　同
春風や堤長うして家遠し　同
春風のつまかへしたり春曙抄　同
蓴（ぬなは）生（を）ふ池のみかさやはるの雨　同
春雨やゆるい下駄借す奈良の宿　同
はるさめや綱が袂（たもと）に小でうちん　同
春雨や人住で煙壁をもる　同
遅き日のつもりて遠きむかしかな　同
誰（たが）ためのひくき枕ぞはるのくれ　同
春の夕たへなむとする香（かう）をつぐ　同
春の暮家路に遠き人許（ばかり）　同

大門のおもき扉や春のくれ　同

肘白き僧のかり寝や宵の春　同

返哥なき青女房よくれの春　同

ゆく春や逡巡として遅ざくら　同

行春や撰者を恨む哥の主　同

ゆく春やおもたき琵琶の抱ごゝろ　同

たらちねの抓(つま)までありや雛の鼻　同

小(こ)冠(か)者(じゃ)出て花見る人を咎めけり　同

夜桃林を出てあかつき嵯峨の桜人　同

畑打や木の間の寺の鐘供養　同

畑打や法三章の札のもと　同

畑打や我家も見えて暮かぬる　同

畑打や道(みち)問(とふ)人(ひと)の見えずなりぬ　同

畑打や耳うとき身の唯一人　同

垣越にものうちかたる接(つぎ)木(き)かな　同

なつかしき津守の里や田(た)螺(にし)あへ　同

春雨や小磯の小貝ぬるゝほど　同

高麗船のよらで過行霞かな　同

背のひくき馬に乗る日の霞かな　蕪村
しのゝめに小雨降出す焼野かな　同
足よはのわたりて濁るはるの水　同
重箱を洗うて汲むや春の水　同
春の水すみれつばなをぬらしゆく　同
昼舟に狂女のせたり春の水　同
春の海終日（ひねもす）のたり〳〵かな　同
野とともに焼る地蔵のしきみかな　同
橋なくて日暮れんとする春の水　同
難波女や京を寒がる御忌（ぎょき）詣（まうで）　同
むくと起て雉追ふ犬や宝でら　同
木瓜（ぼけ）の陰に皃類（かほたぐ）ひ住むきゞすかな　同
うぐひすのわするゝばかり引音かな　同
鶯のあちこちとするや小家がち　同
鶯に終日遠し畑の人　同
日は日くれよ夜は夜明けよと啼（なき）蛙（かはづ）　同
イ（たゝず）めば遠くも聞ゆかはづかな　同
釣鐘にとまりて眠る胡（こ）てふかな　同

梅遠(をち)近(こち)南(みんなみ)すべく北すべく　同

二(ふた)本(もと)の梅に遅速を愛すかな　同

椿落て昨日の雨をこぼしけり　同

嵯峨へ帰る人はいづこの花に暮し　同

花ちるやおもたき笈(をひ)のうしろより　同

月光西にわたれば花影東に歩むかな　同

石工の指やぶりたつる、じかな　同

不二おろし十三州の柳かな　同

三尺の鯉くゞりけり柳影　同

菜の花や月は東に日は西に　同

妹が垣根三味線草の花咲ぬ　同

裏門の寺に逢著す蓬(よもぎ)かな　同

涼しさや鐘をはなる、かねの声　同

短夜やいとま給はるしら拍子　同

短夜や枕に近き銀屏風　同

遠(をち)近(こち)に兵(つはもの)舟(ぶね)や夏の月　同

うき草も沈むばかりよ五月雨　同

五月雨の堀たのもしき砦かな　同

さみだれや大河を前に家二軒　蕪村

おろし置笈に地震(なゐふ)るなつ野かな　同

石切の鑿(のみ)冷したる清水かな　同

二人してむすべば濁る清水かな　同

道のべの刈藻花咲く宵の雨　同

むし干や甥の僧訪(と)ふ東大寺　同

お手打の夫婦なりしを更衣　同

鮓(すし)おしてしばし淋しきこゝろかな　同

鮓をおす我れ酒醸す隣あり　同

鮓を圧す石上に詩を題すべく　同

鮓つけてやがて去(ゐ)にたる魚屋(とゝや)かな　同

すし桶を洗へば浅き游魚かな　同

草の戸によき蚊帳(かや)たるゝ法師かな　同

僧とめて嬉しと蟵(かや)を高う釣　同

ほとゝぎす平安城を筋(すぢ)違(かひ)に　同

耳うとき父入道よほとゝぎす　同

かたつぶり何思ふ角の長短か　同

鮎くれて寄らで過行夜半の門　同

いづこより礫うちけむ夏木立　同
蚊屋を出て奈良を立行く若葉かな　同
不二一つうづみ残して若葉かな　同
絶頂の城たのもしき若葉かな　同
牡丹散てうちかさなりぬ二三片　同
牡丹切て気の衰ひしゆふべかな　同
ちりて後おもかげにたつぼたんかな　同
青梅に眉あつめたる美人かな　同
青梅を打てばかつちる青葉かな　同
閻王の口や牡丹を吐んとす　同
ぬなはとる小舟にうたはなかりけり　同
去来去り移竹移りぬいく秋ぞ　同
秋立つや何に驚く陰陽師　同
いさゝかな価乞れぬ暮の秋　同
きり〴〵す自在をのぼる夜寒かな　同
手燭してよき蒲団出す夜寒かな　同
起きて居てもう寝たといふ夜寒かな　同
身にしむや亡妻の櫛を閨に踏む　同

月天心貧しき町を通りけり　蕪村

広沢

水涸れていけのひづみや後の月　同

鳥羽殿へ五六騎急ぐ野分かな　同

野分止んで鼠のわたる流かな　同

朝霧や杭打音丁々たり　同

朝霧や村千軒の市の音　同

白露や茨の刺に一つづゝ　同

高燈籠消えなんとするあまたゝび　同

ひたと犬の鳴く町過て踊かな　同

四五人に月落かゝる踊かな　同

憂き我に砧うて今は又止みね　同

おちこちおちこちとうつ砧かな　同

水落て細脛(はぎ)高き案山子(かゞし)かな　同

負まじき角力(すまう)を寝物語かな　同

摂待(せったい)へ寄らで過(すぎ)行(ゆく)狂女かな　同

小鳥来る音うれしさよ板庇　同

一行の雁や端山に月を印す　同

紅葉して寺あるさまの梢かな　同
村百戸菊なき門も見えぬかな　同
手燭して色失へる黄菊かな　同
蓼（たで）の穂を真壺に蔵す法師かな　同
うれしさの箕（み）にあまりたるむかごかな　同
水深く利き鎌鳴らす真（ま）菰（こも）苅（かり）　同
初冬や訪（おとな）はんとおもふ人来り　同
我を厭ふ隣家寒夜に鍋を鳴す　同
我骨のふとんにさはる霜夜かな　同
易水にねぶか流るゝ寒さかな　同
氷る燈の油うかゞふねずみかな　同
冬の月僕（しもべ）訪（とひ）よる下部かな　同
のり合に渡唐の僧や冬の月　同
寒月や枯木の中の竹三竿　同
木枯や鐘に小石を吹きあてる　同
こがらしやひたとつまづく戻り馬　同
木がらしや碑（いしぶみ）をよむ僧一人　同
しぐるゝや我も古人の夜に似たる　同

化そうな傘かす寺のしぐれかな　蕪村
釣人の情のこはさよ夕しぐれ　同
霜百里舟中に我月を領す　同
宿かせと刀投出す吹雪かな　同
むさゝびの小鳥はみ居る枯野かな　同
蕭条として石に日の入枯野かな　同
屋根ひくき宿うれしさよ冬籠　同
戸に犬の寝がへる音や冬籠　同
細道になり行声や寒念仏　同
庵買て且うれしさよ炭五俵　同
炭うりに鏡見せたる女かな　同
埋火や終には煮ゆる鍋のもの　同
腰ぬけの妻うつくしき炬燵かな　同
とし守夜老は尊く見られけり　同
麦蒔の影法師長き夕日かな　同
入道のよゝとまゐりぬ納豆汁　同
水鳥を吹あつめたり山おろし　同
水鳥や朝飯早き小家がち　同

水鳥やてうちんひとつ城を出る　同
ふぐの面ラ世上の人を白眼ムかな　同
生海鼠なまこにも鍼こゝろむる書生かな　同
西吹ばひがしにたまる落葉かな　同

几董　高井几董きとうは京都の人、几圭きけいの子で召波と共に蕪村門の駿足であります。召波は才幹を以て、几董は刻苦勉励を以てよくその大を成したといわれております。『蕪村句集』はその選録にかかるものであります。師、蕪村に後るること六年、寛政元年十月二十三日（或いは七日）歿。年四十九。ここに蕪村の俳諧は已すでに全くその跡を絶ったといっていいのであります。

天地をしばらくたもつ時雨かな　几圭
門口に風呂たく春のとまりかな　几董
元日の酔詑に来る二日かな　同
やぶ入の我に遅しや親の足　同
おぼろ夜や南下りにひがし山　同
二日灸花見る命大事なり　同
日は落て増かとぞ見ゆる春の水　同
春雨や蓑の下なる恋衣　同

鮎汲や喜撰が嶽に雲かゝる　几董

鶯の二度来る日あり来ぬ日がち　同

転び落し音して止みぬ猫の恋　同

五月雨の猶も降べき小雨かな　同

蠅打ていさゝかけがす団(うちは)かな　同

あとざまに小魚流るゝ清水かな　同

やはらかに人わけ行くや勝相撲　同

欠伸(あくび)して月誉て居る隣かな　同

名月や辛崎の松瀬田の橋　同

野風吹室町かしらはつ時雨　同

冬の夜やわれに無芸の思有　同

水仙にたまる師走の埃かな　同

年一つ老ゆく宵の化粧かな　同

しぐるゝや南に低き雲の峰　同

人をして哭(なか)しむ霜のきり〳〵す　同

たゞずめば尚降ゆきの夜道かな　同

鮮(あざらけ)き魚拾ひけり雪の中　同

いたく降と妻に語るや夜半の雪　同

大仏を見かけて遠き冬野かな　同
冬川にむさきもの啄(ついは)む鳥かな　同
妻の留守に煮(に)凍(こゞり)さがすあるじかな　同
胼(たこ)の手を真わたに恥る女かな　同
年かくすやりてが豆を奪ひけり　同
俳諧に古人有世のしぐれかな　同
野の池や氷らぬかたにかいつぶり　同
枯々て光をはなつ尾花かな　同

召波　春泥舎(しゅんでいしゃ)　召波は几董と共に蕪村の高弟であります。伝記の詳細を伝えておりませんが、京都の人で蕪村よりも十三年前に早逝しております。その死を悲しんで蕪村が「我俳諧西せり、我俳諧西せり」と三泣している所を見れば蕪村の信頼の深さを推すことが出来ます。遺された句にもまた立派なものが尠(すくな)くないのであります。

底たゝく音や余寒の炭俵　召波
枕して遅き日を行のぼり舟　同
年玉や抱きありく子に小人形　同
鶏(とり)合(あはせ)左右百羽を分ちけり　同

今年また花見の顔を合せけり　召波
月更けて桑に音ある蚕かな　同
曲水や江家（がうけ）の作者誰々ぞ　同
雛の宴五十の内侍（ないし）酔（よは）れけり　同
いとゞしく花に怠る箒かな　同
日三竿雨になり行く霞かな　同
うかと出て家路に遠き踊かな　同
浴（ゆあみ）して且うれしさよ簟（たかむしろ）　同
夕日影道まで出づる案山子かな　同
二つあるかゝし容（かたち）を違へけり　同
傍（かたはら）に南瓜（かぼちゃ）花咲く野菊かな　同
初冬や兵庫の魚荷何々ぞ　同
羊煮（に）て兵を労（ねぎら）ふ霜夜かな　同
行としやたゞならぬ身の妹分　同
節分をともし立たり独住　同
質置の彳（たゝず）む門や冬の月　同
何を釣沖の小舟ぞ笠の雪　同
冬ごもり五車の反古（はうぐ）の主かな　同

炭うりや京に七つの這入口　同
革足袋で村あるかるゝ医者かな　同
草の戸や盃足らぬ鶏卵酒　同
人声の小寺にあまる十夜かな　同
一函の皿あやまつや煤掃　同

その他の蕪村門　几董、召波の外に蕪村の門人中には京都の月居、月渓、百池、大阪の太魯等を数えることが出来ます。

宿直して迎へ侍りぬ君が春　月居
門前の家は寝てゐる十夜かな　同
折とれば茎三寸の野ぎくかな　同
かたはらに大きな石や女郎花　同
蔵あけて旅人いるゝ新酒かな　同
稀人の昼寝長かれ柱鮓　同
うしろより雨の追くる焼野かな　太魯
蚊帳を出て物争へる翁かな　同
さみだれや三味線かぢるすまひ取　同

ともし火に氷れる筆を焦しけり　太魯
つばくらや花なくなりし三軒家　百池
唐辛子つれなき人に参らせん　同
木枯や川吹もどすさゝら波　同

太祇　不夜庵太祇は姓は炭、江戸に生れ、京都島原に住んだ人で、蕪村と共に天明の俳句界に忘るべからざる作家であります。夢中になって作句に没頭した人でありまして、蕪村が「仏を拝むにも発句し、神に額突にも発句せり。されば彼が句集の草稿を折かさねたるに、あなおびたゞし、人の彳める肩ばかりにくらべおぼゆ」と言っておる程であります。『太祇句選』を開いて見ると次の如き個所に逢着します。

庚寅冬十月亦例の一七日禁足して、俳諧三昧に入る、草の屋せはく浴も心にまかせねば、ややうやうかゝり湯いとなむに、時雨さへふりかゝりて、いとゞ寒きを佗びゐしに、呑獅より居風呂わかして、男ともにさし荷せ来したり、贈ものゝめつらしくうれしと、やがてとび入て心ゆく迄浴しつゝかく申侍る、

頭巾脱でいたゞくやこのぬくい物　太祇

『太祇句選』は嘯山と雅因の二人が選んだものでありますが、その跋に蕪村は「全部見るのはと

ても大変だから、四季のはじめの方五六枚ばかりの句を選みとって初稿としたらよかろう」と二人にすすめたといったようなことを書いております。而も彼が作句に工夫を凝したことは「もし趣を得れば上に置下になし、あるは中にもつゞりて、一句を五句にも七句にも造りなし云々」と句選の序に見えていることでも察することが出来ます。さればその人事を巧みに詠み込んだ句の如きに至っては蕪村を凌駕するかとさえ思われるものが多いのであります。

明和八年八月九日歿、年六十三、京都下寺町光林寺に葬る、とあります。蕪村より六七歳年長者で、しかも十三年の早逝（召波と同年）でありますが、便宜のためここに置きます。

情なふ蛤乾く余寒かな　太祇
はる寒く葱の折ふす畠かな　同
長閑さに無沙汰の神社回りけり　同
春の夜や女を怖す作りごと　同
春の夜や昼雉うちし気の弱り　同
七草や兄弟の子の起そろひ　同
年玉や利かぬ薬の医三代　同
やぶ入や琴かき鳴す親の前　同
春駒や男顔なる女の子　同
羽子つくや世ご丶ろしらぬ大またげ　同

あら手きて羽子つきあげし軒端かな　太祇
山路きてむかふ城下や凧（たこ）の数　同
東風（こち）吹（ふく）と語りもぞ行（ゆく）主と従者（ずさ）　同
雉追うて叱られて出る畠かな　同
江をわたる漁村の犬や芦の角　同
春雨や昼間経よむおもひもの　同
人音にこけ込亀や春の水　同
勝鶏の抱く手にあまる力かな　同
善根に灸居（すゑ）てやる彼岸かな　同
つみ草や背に負ふ児（ちご）も手まさぐり　同
里の子や髪に結（ゆひ）なす春の草　同
家（や）内（うち）して覗（のぞき）からせし接木（つぎき）かな　同
ふらこ、の会釈こぼる、高みより　同
帰る雁きかぬ夜がちになりにけり　同
腹立て、水呑蜂や手水鉢　同
な折そと折てくれけり園の梅　同
山吹や葉に花に葉に花に葉に　同
山吹や腕さし込て折にけり　同

蝶飛ぶや腹に子ありてねむる猫　同
屋根低き声の籠りや茶摘歌　同
寺からも婆を出されし田植かな　同
橋落て人岸にあり夏の月　同
白雨や膳最中の大書院　同
物かたき老の化粧や更衣　同
角出して這はでやみけり蝸牛　同
秋さびしおぼえたる句を皆申す　同
行秋や抱けば身に添ふ膝頭　同
名月や君かねてより寝ぬ病　同
脱すて丶角力になりぬ草の上　同
今朝見ればこちら向たる案山子かな　同
酔ふして一村起ぬ祭かな　同
薬掘蝮も提げて戻りけり　同
夜に入ば灯のもる壁や蔦かづら　同
引けば寄る蔦や梢のこ丶かしこ　同
初雁や遊女に油さ丶せけり　同
手折つては甚長し女郎花　同

句を煉(ねつ)て腸(はらわた)うごく霜夜かな　太祇
つめたさに箒捨けり松の下　同
十月の笹の葉青し肴籠　同
駕(かご)を出て寒月高し己が門　同
犬にうつ石の扨(さて)なし冬の月　同
うつくしき日和になりぬ雪の上　同
父と子よよき榾(ほだ)くべしうれし顔　同
医師へ行く子の美しき頭巾かな　同
昼になつて亥(ゐ)の子と知りぬ重(じゅう)の内　同
掃(はき)けるが遂には掃かず落葉かな　同
剃こかす若衆のもめや年の昏(くれ)　同
盗人に鐘つく寺や冬木立　同
行々てこゝろ後るゝかれ野かな　同
埋火(うづみび)に猫背あらはれ玉ひけり　同
埋火にとめれば留る我が友　同
寒月や我ひとり行橋の音　同
年の暮嵯峨の近道習ひけり　同

移竹　田川移竹は蕪村の早い頃の友人であります。

去来去り移竹移りぬ幾秋ぞ　　蕪村

とありまして、蕪村よりも二十余年早く歿しておりますので、ここに置くのは甚だ当を失した憾がないでもありませんが、天明の盛りを致すに力あった一員としてひとまずここに包括して述べることにしたのであります。その作句にも自ら新風の調をうかがうことが出来ます。

とかくして松一対のあしたかな　　移竹

蛤につれなき汐の行衛かな　　同

焼味噌を伽羅に侘る夜杜宇　　同

旅中佳節

馬の背の高きにのぼり蕎麦の花　　同

家遠し海苔干す女何諷ふ　　同

蓼太　大島蓼太は信濃伊那の人、江戸に出て雪中庵（服部嵐雪の雪門、三世）を嗣ぎ、著書と行脚によって積極的に勢力拡張に力め、遂に門葉三千を擁するに至ったといわれております。其角以来の江戸座の晦渋を圧倒しようとしたためその旗幟は走って徒らに平俗に堕し、反って支麦の臭を感

ぜしめるものもあれば、或いはまた、已にやがて来る月並調の色彩を帯びた句も相当見うけられるのであります。例えば、

むつとしてもどれば庭に柳かな　蓼太
世の中は三日見ぬ間に桜かな　同

の如きものであります。

比較的すぐれた左の数句すらその間にあって俳諧中興者の面目を伝え得るものであるかはしばらく疑問としなければなりません。

天明七年九月七日歿。年七十。深川要津寺に葬る。

茶の花にのどけき大和河内かな　蓼太
五月雨やある夜ひそかに松の月　同
物いはぬ夫婦なりけり田草取　同
名月や汐満来ればさゞれ蟹　同
白かさね憎き背中に物書かん　同
掃音も聞えて淋し夕もみぢ　同
更る夜や炭もて炭をくだく音　同

白雄　加舎(かや)白雄(しらお)は信州上田の藩士、後江戸に住んで春秋庵を開き、蓼太と対立するに至って関東の俳風を鼓吹した人であります。江戸座の洒落風の難解を排して平明を旨としたことがその特色をなしております。寛政三年九月十三日歿。年五十七。品川海晏寺に葬る。その著『俳諧寂栞』は芭蕉精神を顕揚したものであって白雄の抱懐をうかがうに足ります。

山焼やほのかに立てる一つ鹿　白雄
戸を開けてはなちやりけり猫の恋　同
蚊遣火の煙の末に啼く蚊かな　同
竹伐て蚊の声遠き夕かな　同
秋日和鳥さしなんど通りけり　同
秋の季の赤蜻蛉に定りぬ　同
仮まくら魚蔵(なぐら)に千鳥降がごとし　同
酒桶に千鳥舞入あらしかな　同
土舟や蜆(しじみ)こぼるゝ水の音　同
二またになりて霞める野川かな　同

樗良　三浦樗良(ちよりよう)は鳥羽の人、後伊勢に無為庵を結んで無為庵樗良と称しました。伊勢は元来麦林舎乙由以来俳諧の堕落地でありまして、これを打破して刷新の俳風を鼓吹しようとしたのが樗良の手柄であります。蕪村より十三歳の後輩、しかもその死は蕪村より三年先立っております。安永九年十一月十六日歿。年五十二。山田妙見山寿宮寺に葬る。

山寺や誰も参らぬねはん像　樗良
雲高く風たえて花のあらし山　同

暮春

花ながら春のくる〻ぞ便りなき　同
膾(なます)にも響くまつりの太鼓かな　同
あらし吹草の中より今日の月　同
秋立つや雲はながれて風見ゆる　同
雁がねの重なり落る山辺かな　同
凩(こがらし)や日も照り雪も吹ちらず　同
兄弟が同じ声なる鉢た〻き　同

暁台　加藤暁台(きょうたい)は名古屋の人、江戸、京都に来住し、五十九歳、二条公から「花の本」の称をゆるされ、六十一歳、京都に歿するまでかなり積極的に蕉風復古に力めた人であります。支考の美濃風一派排撃に直接功を収めたものはまずこの暁台であるといってよいのであります。蕪村より若きこと十六歳。寛政四年正月二十日歿。京都寺町大雲院に葬る。

春さむし貧女がこぼす袋米　暁台
雛の間にとられてくらきほとけかな　同
火ともせばうら梅がちに見ゆるなり　同
六月の埋火ひとつしづかなり　同
蝙蝠（かうもり）や月の辺を立ちさらず　同
茫々と芒（すすき）折れ伏す秋の水　同

野径

月よしと小椰（こなぎ）をのぼるいなご丸　同
風かなし夜々に欠ゆく月の形　同
河草の末枯草ぞ花一つ　同
たそかれてむなしく月と成夜かな　同
なやらふや今宵しのぶの恋もあらむ　同
九月尽はるかに能登の岬かな　同
蜩（ひぐらし）のなけば瓢（ひさご）の花落ちぬ　同
寒菊に南天の実のこぼれけり　同
水際の日に〳〵遠しかれを花　同

冬の情月明かにあられ降　暁台
落葉落かさなりて雨雨をうつ　同

闌更　高桑闌更（たかくわらんこう）は加賀金沢の人、後京都に南無庵を営み、また半化坊と号しました。暁台の歿後、二条公から「花の本」の称をゆるされ、寛政十一年五月三日歿。年七十三。東山高台寺に葬る。はじめ伊勢風を学んでやがて北越の伊勢風を打破した人であります。

正月や皮足袋白き鍛冶の弟子　闌更
元日や松静なる東山　同
川越て鳥の見てゐる焼野かな　同
鞘赤き長刀行くや春の野辺　同
雪消えて麦一寸の野づらかな　同
摘〳〵て人あらはなる茶園かな　同
鵜の面に川波かゝる火影かな　同
夏の夕吹倒さるゝ風もがな　同
鉢（はち）叩（たゝき）月下の門をよぎりけり　同
枯芦の日に〳〵折て流れけり　同
紅葉散て竹の中なる清閑寺　同

時雨るゝや角まじへゐる野べの牛　　同

しかしまた一方その句中には、

元日や此心にて世に居たし　　闌更

明月や座頭の妻のかこち顔　　同

などの如き句も多く、これらはやがて月並調の悪弊を導くものであります。

その他　以上の外(ほか)、美濃派より出て美濃風を捨てた播磨の青蘿(せいら)、伊勢派より出て伊勢風を去った加賀の麦水(ばくすい)、或いはまた蝶夢(ちょうむ)、二柳(じりゅう)等、尚数人の中興作家を数えることが出来ますがとりあげて掲ぐべき大した句も見当りません。が、その中で蝶夢は芭蕉の俳句、遺著等を収輯することに熱心であった許(ばか)りでなく、元禄の著書を翻刻することにも力があってその点に俳句復興の功労があるものといっていいのであります。

夜神楽や押ぬぐひたる笛の霜　　蝶夢

一月の落葉も掃て神迎へ　　同

閑(しづ)かさや蓮の実のとぶあまたゝび　　麦水

蕪村時代概観

この蕪村時代の俳句は花鳥諷詠という立場からどう見られるかということを申し陳べて見ます。芭蕉歿後約百年を経過しまして蕪村時代になりますと、また俳句の天地が自ら変化しているのに気付くのであります。即ち花鳥諷詠の仕方が異っているのに気付くのであります。

一言で申しますと、芭蕉時代は、しっとりと落着いて陰気であって、どことなく謹厳であったのに較べて、蕪村時代は明るく朗らかで、自由奔放だと云う感じがします。それには種々の理由もありましょうが、一二を申しますれば、

第一に、その蕪村時代を代表する処の作家、即ち蕪村その人の特色、即ち蕪村その人の天才的な、芸術的なところが自然その時代を駆ってかくあらしめたものと云う事が出来ましょう。

その蕪村の句を挙げて見ましょう。

鶯のあちこちとするや小家がち　蕪村

小家がたくさんにかたまってあるところでありまして、かたまってあると申しましても、籬(まがき)があって小さい門がある、その中には庭木があって奥には小さい家がある。その隣も同様な籬があって、庭木があって、その奥に小さい家がある。そんなような恰好の家が続いておる。一羽の鶯が来た。ある家の庭木にとまった。しきりにあちこちして居ったがいつのまにか隣の庭木に移っ

てまたあちこちととんでおった。がまた隣の庭木に移って同じ様にあちこちする、と云ったような様子でありましょう。小家がちというのは、大きな家がなくて小家許り(ばかり)がある様子を云ったものでありましょう。

ゆく春や選者を恨む哥(うた)の主　蕪村

昔は選集というものをこしらえる場合に、どうか自分の歌が一首でも、その選集中に入って呉れればいいと念願しておる。その場合にその選集が出来て見ると、自分の歌が選に洩れて入っていなかった。その歌の主は非常に選者を恨んだ。恰(あたか)も春が空しく過ぎ去ってしまおうという場合であるから一層その恨が深い、という句であります。

菜の花や月は東に日は西に　蕪村

これは京都の近い郊外を詠じたものでありまして、一面に菜の花の畑がつづいておる、その時分にフト東の方を見ると月が出ておる、また西の方を振り返って見ると夕日が山の端にかかっておるというような京都の近郊の春の日永の夕暮の景色を詠ったものであります。

ひたと犬の鳴く町過ぎて踊かな　蕪村

この句は盆踊りに出かけてゆく人をうたったものでありまして、盆踊りにゆこうと思って自分の家を出て盆踊りのあるお寺の境内かもしくは松原かに行く時分に、或る淋しい町を通らなければならぬ。「ひたと犬の」というのは、ひたひたとさし迫って犬の吠えつく様子を云ったので、そんな淋しい、恐ろしい思いをしながらも、心はもう若い男女の打混じって踊る踊りの場の方へ飛んでいることを現した句であります。

憂き我に砧うて今は又止みね　蕪村

自分は憂いをいだいておる。砧のさびしい音を聞くと更に愁いを味わうことが出来る。どうか砧を打ってくれ、だが砧の音をつづけて聞いていると余りの寂しさに堪えられなくなって来る。どうかもう止めてくれろ、とそういう句であります。この句は、

うきわれを淋しがらせよ閑古鳥　芭蕉

という句とよく似ているのでありまするが、しかも蕪村の句は奔放と云ったような趣がありまして、寂しさを感じるよりも寧ろ興味といったような趣があります。芭蕉の句はじっと淋しさを味わって見るような心持がありますが、この「砧うて今は又止みね」というのは、我儘な欲望をさ

らけ出した風騒の人、蕪村の面目を描いているものというべきでありましょう。

閻王の口や牡丹を吐んとす　　蕪村

閻魔大王の口が真赤に開いておる。恰も牡丹の花のようである。閻王の口は牡丹の花を吐き出しそうにしておるという句であります。閻王の口の真赤な形容でありますが、同時に閻王の口の赤いことによって牡丹の花をも想像せしめる働きも持っています。その他、

すし桶を洗へば浅き游魚かな　　蕪村

探題実盛

名乗れ〳〵雨しの原のほととぎす　　同

道のべの刈藻花咲く宵の雨　　同

秋風や酒肆に詩うたふ漁者樵者　　同

いな妻の一網うつや伊勢の海　　同

肘白き僧のかり寝や宵の春　　同

養父入や鉄漿もらひ来る傘の下　　同

尼寺やよき蚊帳たるゝ宵月夜　　同

水深く利き鎌鳴らす真菰苅　　同

客僧の二階下り来る野分かな　　蕪村
門前の老婆子薪貪る野分かな　　同
野分止んで鼠のわたる流かな　　同
高燈籠消なんとするあまたゝび　　同
負けまじき角力を寝物語かな　　同

などの句があります。又次のような句もあるのであります。

春雨や綱が袂に小提灯　　蕪村
羽織著て綱も聞く夜や川千鳥　　同

蕪村の時代に、京都一条戻り橋に遊女屋があって、そこに綱と云う名妓がおったそうであります。これは綱は上意を蒙りて、という「綱上」と云っておる俗謡があるそうでありまして、はじめは羅生門に鬼を退治た渡辺の綱のことをうたっておって、途中から、よしやれはなしやれしころが切れる、とかいう文句にくだけて来て、その綱という芸者のことになるのだということを聞いております。

唄にうたわれたほどの有名な綱という芸者があったことは慥かなことでありましょう。この綱もその芸者のことを云ったものでありましょう。始めの、「春雨や綱が袂に小提灯」という句は、春雨の降っておる時分に、その綱という女がどこかに行くじぶんに小提灯をつけて行った。雨に濡れないために袂で小提灯を蔽うようにして歩いておる、その遊女の姿態を詠じたものでありましょうか。次の「羽織著て綱も聞く夜や川千鳥」と云う句は、その綱がお座敷に出ている時分に、静かな座敷でありまして、冬の夜も更けて来て寒くなって来たので、座敷着の上に羽織を引っかけて淋しい千鳥の鳴声を客といっしょに聞くという趣をいったものであります。

さみだれや大河を前に家二軒　蕪村

五月雨が降っておる、大河の水は増すばかりである、その堤に家が唯二軒ある、という句であります。壮大な景色を詠ったものでありますが、その堤の家二軒はたよりないような心細い趣も想像することが出来ます。

蕪村その人の句はかくの如く縦横自在でありまして、芭蕉時代に較べると極めて朗らかに自由になって来たことに気が付くでありましょう。そうしてここに最も注意すべきことは何れも純粋の意味に於ける花鳥諷詠の俳句であるということであります。

以上は蕪村時代の俳句が磊落明朗で縦横自在であるのは、蕪村その人が磊落明朗で縦横自在であるのに原因するということを申し上げました。元来時代と時代を率いる人との関係はいつも問題になるのでありまして、その時代が偉人を産んだともいえるし、また偉人が時代を率いたとも申されます。蕪村がその時代を率いたところもあろうし、またその時代が蕪村を産んだともいえましょう。いずれにしても蕪村その人と蕪村時代との関係は密接なるものであります。が、その外(ほか)に、も一つ際立った原因があるといえるのであります。それは芭蕉時代は発句(ほっく)即俳句というものと、ほかに附句(つけく)即ち連句というものが盛んでありまして、芭蕉は自ら俳句よりも附句の方が得意であるとさえ云っていた位であります。その附句のことをお話しするとたいへん長くなって混雑を来す恐れがありますが、ほんの一端を申しますれば、それは俳句よりも範囲の広いものでありまして、殊(こと)に神祇、釈教、恋、無常というような複雑な人情的な事柄をも詠ずるものでありまして、たとえばこんな句があります。

立ちかゝり屛風を倒す女子共　凡兆

美しい男が来た。それを沢山の女が見ようとして、屛風の蔭に立って、先を争うて覗こうとした処が遂にその屛風を倒して仕舞った、と云う句であります。大店の女中衆でありますか、もしくは御殿女中でもありますか、何(いず)れにしてもそのはしたない女どもの起居振舞を詠じたものであります。

うき人を枳殻(からたち)籬(かき)よりくゞらせん　芭蕉

我につれなく当る人を、あの刺(とげ)の沢山有る枳殻の垣からくぐらしてやろう、と云う句であります。こちらは、向こうの人を想って居るのにその人は自分に辛く当る、もしくは自分は独りその人を守っておるのに、その人は他に女をこしらえた、けれども、尚その人を憎むことは出来ない。そういう様な人に対する心持を云ったものであります。その人がどこかのあだし女の人の許に忍び込んで行く時分か、もしくは自分のところへ忍んで来る時分かに、からたちの籬をくぐらせてやろう、そうすれば刺で難渋をするであろう、薄情男にはそれが丁度いいとそう云った恨みの恋心を云ったものであります。

さまぐに品かはりたる恋をして　凡兆

西鶴の「好色一代男」の世之助か、古い所で申せば、業平とか、光源氏の君とかいう様な人を云ったのでありまして、さまざまに風の変った恋を仕尽くして来た、と云う句であります。

以上三句の如き小説的の情緒纏綿たることをも附句即連句では詠ずる、ということを明らかにせん為に例を引いたのであります。その他武士、町人、坊主乃至市井の出来ごと、何でも連句では詠じています。その例はくだくだしく挙げません。

芭蕉時代にこの附句と俳句との区別は截然とついて居ったのでありまして、唯今例に挙げたようなことは俳句では決していわず独り附句でこれを詠じていたのであります。

ところが蕪村時代になりますと、この附句というものが稍々衰えて来て、同時に附句と俳句との区別がとれて来て芭蕉時代の附句で詠じておったことを、また俳句で吟詠しようという傾きが出て来たがために俳句の境界が広く前言ったように縦横自在になって来たのであるということもいえると思います。

青梅に眉あつめたる美人かな　蕪村

これは、美人が青梅を噛んだ時の模様を云ったものでありまして、一ト口噛んだ時に非常にすっぱかったので、おおすっぱい、といったのであります。然(しか)し美人のことでありますからしかめた顔も艶に見えます。それを眉集めたる、と云って巧みに現して居ります。

遣り羽子(はご)や世心知らぬ大またげ　太祇

幼い女の子が遣り羽子をして居る。まだほんとうの女になり切らない、恋心が眼覚めない少女のことであるから、大きな股をひろげて羽子を追うて居る、という句であります。

物かたき老の化粧や更衣　太祇

今でもよく見る処でありますが、身嗜(みだしなみ)の良い古風な家の老夫人は取乱した風をすることを忌んで、ちゃんと身仕舞をする。殊(こと)に綿入れを脱いで袷(あわせ)に着換える、という更衣の時には、目立たぬ様に紅白粉をつけてすがすがしく見た眼も軽ろやかに袷を着込んで居る、という句であります。

剃りこかす若衆のもめや年の暮　太祇

念者、と云って、男が、女のかわりに若い男を愛する風習が昔ありました。若衆というのは、その念者に愛せられる者でありまして、或る一人の若衆を非常に愛して居った、処がその若衆が外の男に靡いた風が見える、不届き至極な奴だ、頭を剃って坊主にして了うぞと、その男は非常に立腹した。そんなもめが年の暮になって、物事が忙しい間に起ったという句であります。

春雨や蓑の下なる恋衣　几董

この句は、百夜通う、といった深草の少将などをも想わせる句でありまして、女の許に通う男が、いくらか美しく着飾った衣を着てその上に蓑を着て、蓑笠で春雨の中を女の許に通う、という句であります。

花火尽きて美人は酒に身投げん　几董

両国の川開きなどを想像する句でありまして、客が美妓を擁して酒を飲みながらその花火を見て居った。花火がだんだんおしまいになって来た時分に愈々酒の興は湧いて来た、元来いける口のその美妓は、益々客に強いられて頻りに盃を重ねて遂には飲みつぶれて仕舞うであろう、と云うことを「美人は酒に身投げん」と云ったのであります。

お手打の夫婦なりしを更衣　蕪村

殿様のそばに仕えておったお小姓と、お奥に勤めていた奥女中とが恋に落ちて、不仕鱈のことはお家の法度であるとして、既に殿様のお手打ちになるところを助けられて、どこかへ落ち延びてささやかな夫婦暮しをしておる。春も過ぎて夏になったので夫婦共更衣をする、という句でありまして、小説的な句とも云うべきものです。

涼み居て闇に髪干す女かな　召波

女のことであるから忙しい夕餉も済まし、その片附けもすみ布団も敷いたり子供を寝かせて了って漸く自分自身のからだになったので、風呂にも這入りその序でに髪も洗った。そこで静かに縁端に出て、灯も点けずに、涼しい風に吹かれながら団扇を使って休んで居る、髪はふさふさと後ろに垂らしたままで居る、ときどき涼しい風が吹いて来る、濡れた髪も自然にその風に乾いてゆく、といった句であります。

これらは大概、芭蕉時代では連句の附句で詠じた様なことを俳句で詠じた、と云う事が出来ます。こう云う女に関係した事ばかりでなく、何でも縦横自在に詠ずる様になったと云うことは、殊(こと)にそれは閑寂趣味に捉われることなく、自由自在にあらゆることを詠ずるようになったと云うことは、蕪村時代の特色とせねばなりません。

女に関係の無いことで句になっているものも二三挙げて見ましょう。いかにも自由に描かれています。

白雨や膳最中の大書院　太祇

大寺とか、もしくは大名の邸(やしき)などを想像する句でありまして、その大広間には沢山の客が礼儀正しく坐って居る。そこに今が配膳最中である時分に、今迄蒸し暑かったのが俄(にわ)かに涼しい風が吹いて夕立がやって来た、という句でありましていかにも派手やかな壮快な景色を云ったものであります。

新らしい綿入れ著たる夜寒かな　月居

秋の夜寒の時分に、だんだんその夜寒がはげしくなって来るので、袷では凌(しの)がれなくなって綿入れを着た、ところがその綿入れは仕立卸しの綿入れで、綿も着物も何となく身に添わないような心持がする、従って更に夜寒の感じが強くなったというのであります。

さみだれや三味線かぢるすまひ取　太魯

五月雨が続く時分でありますから、相撲取りは休み続きで退屈で仕方がない、そこで無器用な手つきで、ぽつんぽつんと三味線を弾いて見る、そういう情景を云ったものであります。或いはこの句も、その相撲取りをひいきにして居る女の所に居る相撲取りの状態を云ったのかも知れません。

明月や君かねてより寝ぬ病　太祇

これは今で云う神経衰弱であります。寝ぬ病にとりつかれて居る一人の友人がありまして、それは俳句の友達でありまして、明月の晩は共に月を賞して夜更かしをする、その時分に、君は寝ぬのは平気だろう、かねてから不眠症だからな、とこう戯談を言ったような句であります。

以上のような句があるかと思うと、またこういう句があります。

白露や茨のとげに一つづゝ　蕪村

蠅打ていさゝかけがす団（うちは）かな　几董

これは、ささいな事に興味を見出して作った句でありまして、茨のとげに一つずつ大きな露の玉の宿っているという句、また蠅がどこかに止った場合に、手に持って居た団扇ではたとその蠅を打った、そうすると蠅は穢いものを出して少しその団扇が汚れたという句であります。

傍にかぼちゃ花咲く野菊かな　召波

この句は、野径のそばに野菊か咲いて居る、そうすると野菊のかたわらには畑のかぼちゃの蔓が這うて来て花をつけて居る、と云う只それだけの景色を云ったものでありますが、その小さい景色を描きながらもよく焦点を捉えて居る為に、野径の情趣が描き出されて居ると思います。

葛水やうかべる塵を爪はじき　几董

この句も洵にささいなことを云ったものでありまして、葛を冷い水に溶かしてのむ、それを葛水といいますが、その葛水にちょっとした塵が浮かんで居った、その塵を爪はじきをした、という句であります。

以上四句の如きは、最も近代的な花鳥諷詠句ともいうべきものでありまして、昭和の今日私達が試みているものに近いものであります。そういう句もまた蕪村時代にあるということは注意すべきことであります。

一茶時代　寛政――享和――文化――文政

天明の俳豪達も寛政に入ると殆どその影を没し俳句界は頓に秋風落寞の感を深めるのでありますが、文化文政の頃、信州に一茶が出て一種の境地を開拓し俳諧史に特異の光彩を添えるのであります。蕪村時代から一茶に至る迄は衰運をたどるほかなかったのでありますが、それでもまだ多少天明の余薫を存して、やや留意すべき作家がないでもありません。簡単にそれらを一瞥して一茶に移ることに致します。文化、文政を過ぎて天保に入れば、最早如何ともしがたい俗悪低調の月並時代であります。

一茶時代の重な人々　まず名古屋に井上士朗があります。暁台の門人であります。

何事もなくて春たつあしたかな　士朗
とし寄のほく〳〵とゆくかすみかな　同
鶯に漕ぎはなれたる小舟かな　同
大蟻の畳をありく暑さかな　同
たら〳〵と滝の落込む茂りかな　同
夕だちや頓て火を焚く藪の家　同

須磨寺は戸を閉にけり秋の風　同
湖の水の低さよ稲の花　同
ゆくとしのごそりともせぬ山家かな　同

江戸には鈴木道彦、夏目成美、建部巣兆等があります。道彦、巣兆は白雄の門、成美は一茶の後援者であります。成美の弟ともいい兄ともいわれている人に、同じく吟江という人がありますが、これは早逝して盛名をうたわれる迄には至りませんでしたが、その句には反って成美をしのぐものがあるのを認めます。

葭の根をめぐりて解る氷かな　吟江
強力のひとりおくるゝ清水かな　同
吹落てしばし水行蛍かな　同
水仙の根に降たまる霰かな　同
臘八や庭に榾焚く山の寺　同
けぶたさに泪こぼすや御取越　同
から〱と明り障子へ落葉かな　同
水鳥の行くに従ふ木葉かな　同
元日も過ゆくくさの扉かな　成美

あふむけば口いつぱいにはる日かな　成美
重箱に鯛おしまげてはな見かな　同
春の夢さめて隣のはなしかな　同
白魚や御僧少しは参られよ　同
親鶏のひよこ遊ばす葵かな　同
米を搗(つ)く隣もありて雛の宿　道彦
下関や鳥のありく小草原　同
家二つ戸の口見えて秋の山　同
蟬の音に薄雲かゝる林かな　巣兆
象潟(きさかた)の合歓(ねむ)の落葉や後の月　同

奥州白石には松窓乙二(しょうそうおつに)があります。

素堂鬼貫其角を友とし、祖翁を上首として修業する事也、当時の人を二なき物とおもふ拙き心もていかで祖翁の高邁洒落の風韻をさぐり得んや。

といって師というものを求めなかった人であります。後、函館まで出かけて行って俳風作興に力めました。

鶯の日はくれにけりきじの声　乙二

針に苧を長く付けたり冬の宿　同

仏達をもの丶落葉にのせ申す　同

花さくや朝めし遅き小商人　同

以上の引用句は各作家の句中今から見て比較的ましな句と思われるものを選んだものでありまして、当時の風潮を代表するものばかりではないのであります。当時の人達によろこばれたものは恐らくもっと低俗な部類に属するものであったでありましょう。

一茶　小林一茶は信州柏原の人であります。早く母を亡くして継母に仕え、やがて家を離れて放浪し殆ど貧苦と不遇の中に始終したといっていいのであります。さればその作る所の俳句もかかる生活を背景としたもので、絶えず不平と反抗を抱いていて多くこれを諷刺したものでありますが、しかも一茶天来の軽妙洒脱の性格は天下一品の風格を発揮致しました。これを以て直ちに芭蕉、蕪村に連なる俳句の正道と見なすわけには参らぬのでありますが、しかしながら、卑語を取り入れ人情味を織りまぜて、つくりものでない一茶天真の所懐を打出したところが一茶の面目でありまして、やがて他の月並者流の群中より抽き抜いて俳諧史上独歩の地歩を与えられるに至った所以であります。

我と来て遊べや親のない雀　一茶

これは一茶が六歳の時の吟であるとされております。幼くして人情の軽薄を知った一茶の心はやがて鳥や虫共の無心を愛する心持の方へ傾いて行ったと見ることが出来るのであります。五十二の時はじめて妻帯、文政十年十一月十九日、中風で亡くなりました。年六十五。柏原明専寺の近くの小丸山という所にその墓があります。

蓬萊になんむ〳〵といふ子かな　一茶
辻だんぎちんぷんかんも長閑（のどか）かな　同
うら門のひとりでにあく日永かな　同
老ぬれば日の永いにも泪かな　同
初夢に古郷を見て涙かな　同
春風やとある垣根の赤草履　同
はる雨や猫に踊ををしへる子　同
茶をのめと鳴（なる）子（こ）引（ひく）なり朝がすみ　同
陽炎や歩行（あるき）ながらの御法談　同
鍋の尻ほしならべたる雪解かな　同

手のひらにかざつて見るや市の雛　同
御雛をしやぶりたがりて這ふ子かな　同
目出度（めでたさ）もちう位なりおらが春　同
春風や牛にひかれて善光寺　同
畠打の真似して歩く烏かな　同
慈悲すれば糞をするなり雀の子　同
おとろへや花を折るにも口曲る　同
小盥や今むく田螺（たにし）辷り遊ぶ　同
高うはムり（ござり）ますれど木から蛙かな　同
蝶が来てつれて行けり庭の蝶　同
金の糞しさうな犬ぞ花の蔭　同
春雨や食はれ残りの鴨が啼く　同
夜に入れば直したくなる接穂（つぎほ）かな　同
我国は何にも咲かぬ彼岸かな　同
雀の子そこのけ〳〵御馬が通る　同
瘦蛙まけるな一茶是にあり　同
大蛙から順々に座どりけり　同
天文を考へ顔の蛙かな　同

蕗の葉にとんで引くりかへるかな　一茶

じつとして馬にかゞるゝ蛙かな　同

門の蝶子が這へば飛びはへばとぶ　同

丘の梅けさ見し枝もなかりけり　同

月の梅の酢のこんにやくのと今日も過ぬ　同

花の陰あかの他人はなかりけり　同

けろりくわんとして鳥と柳かな　同

裏店に住居して

涼風の曲りくねつて来りけり　同

衣更へて坐つて見てもひとりかな　同

涼まんと出れば下に下にかな　同

僧になる子の美しや芥子(けし)の花　同

名月を取つてくれろと泣く子かな　同

夜涼みや大僧正のおどけ口　同

けいこ笛田は悉(ことごと)く青みけり　同

夜に入ればせい出してわく清水かな　同

さみだれや肩など叩く火吹竹　同

親方の見ぬふりされし昼寝かな　同

更衣よしなき草をむしりけり　同

年問へば片手出す子や更衣　同

母におくれたる子の哀れは

団扇（うちは）の柄なめるを乳のかはりかな　同

逃くらし〳〵けり夏の蟬　同

通し給へ蚊蠅の如き僧一人　同

やれうつな蠅は手をする足をする　同

病中

蚤蠅にあなどられつゝけふも暮ぬ　同

露の世や露のなでしこ小なでしこ　同

馬の子がなめたがるなりさし菖蒲　同

連（つれ）にはぐれて

一人通ると壁に書く秋の暮　同

夕霧や馬の覚えし橋の穴　同

蛬（きりぎりす）まんまと籠を出たりけり　同

桐の木やてきぱき散てつんと立　同

九輪草四五輪草でしまひけり　同

さと女卅五日墓

秋風やむしりたがりし赤い花　　一茶

さと女夭折

露の世は露の世ながらさりながら　　同

瓜の馬くれろ〳〵と泣く子かな　　同

むづかしやどれが四十雀（しじふから）五十雀　　同

夢にさと女を見て

頰ぺたに当てなどすなり赤い柿　　同

霜の夜や横町曲る迷子鉦　　同

ともかくもあなたまかせの年の暮　　同

ふんどしに脇ざしさして冬の月　　同

是がまあつひの栖（すみか）か雪五尺　　同

おもしろや隣もおなじはかり炭　　同

炭もはや俵たく夜に成にけり　　同

一尺の子があぐらかくゐろりかな　　同

掛取が土足ふみ込ゐろりかな　　同

掛乞に水など汲んで貰ひけり　　同

ふとんともにおしよせらるゝ寝坊かな　　同

大根引大根で道を教へけり　同

餅搗が隣りへ来たといふ子かな　同

一枚の餅の明りに寝たりけり　同

茶畑を通してくれる十夜かな　同

十月や時雨奉る御宝前　同

浅草市

雪ちるや銭はかり込む大(おほ)叺(かます)　同

我門へ来さうにしたり配(くばり)餅(もち)　同

一茶坊に過たるものや炭一俵　同

我宿の貧乏神もお供せよ　同

がむしやらの弁慶草も枯にけり　同

一茶時代概観

この一茶時代は如何に花鳥諷詠の精神が働いておったかということを申し陳べて見ます。蕪村時代を過ぎて最近の子規になる迄の間、即ち、仮りに一茶時代と呼ぶところの時代も、やはり花鳥諷詠ということは志して居ったのでありましょうが、それが蕪村時代の様に純粋の花鳥諷詠をして居ったのとは違って、景色を叙するに人情を以てする、人情を加味して景色を眺める、そうして俗語を遣って、その俗語の働きでその人情的なことを巧みに現す、と言う、その面白味が女子供にも判り易いような、卑俗な、調子の弱い句が流行していたのであります。これは丁度芭蕉時代から蕪村時代に移る間にも支麦(しばく)時代と称える時代がありましたように、いつでも俳句の堕落した時代になると、忠実に花鳥、即ち自然現象を観察することをしないで、ありふれた自然に、ただありふれた情を移すという、そういう弱々しい人情的な句が流行するものであります。その一茶時代の句に、

昼すぎになれば落著く柳かな　杉長

昼までは風が吹いて、柳の糸が吹き靡いて居ったが、昼すぎは風が止んで柳が枝垂れたままで居る、とそう云う景色を詠ったものでありますが「落著く」と云う人間の動作を現した句をもって来て、その柳を形容したということ、即ち柳を人間と見て「落著く」と云った、そこに人情味が有る。それが女子供を喜ばす所以(ゆえん)であって、「落ちつく」とは宜(よ)く云ったものだ、やさしいことを言ったものだと、褒めるのであります。

松杉の男揃ひや夕時雨　杉長

夕方に時雨が降る、それが松杉ばかりの生えて居る上に降る。外の山茶花(さざんか)とか八ツ手とか、南天とか、錦木とか云うようなよわよわしい小さい木の上に降るのでなくって、亭々と高く伸びて

居る男性的な木の上に夕時雨が降るのである。それを「松杉の男揃ひ」と云ったのであります。これも人に見立てて男揃いと云った処が面白い、と感嘆せしめるのであります。然しその感嘆する処のものは俗人や、女子供の類であります。

降る雨に位つけたりほとゝぎす　乙二

雨がざあざあ降って居る。今迄は殺風景な雨であったが、その雨の降る中にほととぎすが一ト声二タ声啼いた、急にその雨に位がついて来た、ゆかしい懐しい雨のような心持がして来た、立派な雨であると思い初めた、即ち、雨に位がついて来た、とそう云う句であります。この句も「位つけたり」が精神でありまして、面白いことを云ったものだということになるのであります。

沙汰なしに汐は満ちたり春の雨　蒼虬

春の雨の降って居る穏やかなしっとりとした日に、門前の川もしくは海岸の石垣のあたりに何時の間にか汐が満ちて来た、というのをやはり人情味を持って来て俗語を遣って「沙汰無しに」と云ったのがこの句の手柄とする処であります。

この時代の句の面影はこれらの句に依って大概偲ぶことが出来るのであります。こう云う風の句が明治の二十四五年頃迄続いて居ったのを子規が、こう云う風の句を月並調、と云って攻撃し、俳句は蕪村時代、芭蕉時代に立帰らなければいけない、と復古を唱え初めて、遂に今日の俳句の隆盛を招来しました。が、一茶時代と呼ぶところのものは決して堕落した句許(ばか)りではなかった。この時代の特色である人情味を加味して花鳥諷詠をすると云うことと、俗語を遣ってその人情味を現すと云うことのその二つの性質を備えながらも、一種特別な句を作って立派に成功している一茶その人があるということを看過することは出来ません。

鶯やよくあきらめた籠の声　一茶

この句の意味は、籠の中で鶯がほがらかに啼いておる。籠の中にとりこにされておるのであるから、かなしんで不平満々であらねばならぬのに、一向平気で、暢気にホーホケキョと啼いておる。これは籠の中に囚われの身となっていることをあきらめているのであろうといったのであります。やはり鶯を人間にたとえていったのであります。

この句は前の乙二や蒼虬の句よりは稍々(やや)ましな句であります。人情的というのも、それが滑稽味を帯びていますから救われます。

夜に入ればせい出してわく清水かな　一茶

昼間は人がよく汲むが、夜になれば誰も汲む人がない、が、清水は相変らず滾々(こんこん)として湧いておる。昼はしょっ中汲まれるために清水の湧くのも少いように思われるのであるが、夜は一切人の妨害がないために精出して湧いているように思われる、ということを云ったのであります。これも精出して、という俗語を使っておりますが、それが滑稽にひびき、俗をすくうています。

べつたりと人のなる木や宮相撲　一茶

宮相撲というのはよく田舎でやる相撲であります。お宮の境内でやる相撲というのがこの言葉の起りでありましょうが、あまり立派な相撲でなくて田舎廻りの相撲とか素人相撲とかいうのを一般に宮相撲というようであります。尤もこの句はお宮の境内に土俵を作ってそこで相撲をとっておるのであります。見物人はその土俵を取巻いてひしひしとつめかけておる、後ろの方の人々はそこにある木の上にのぼって見物する。その木の上にも人が鈴なりである、という句でありま す。「べつたりと」も俗語でありますが、それよりも「人のなる木や」と俗間で普通に云っている言葉をそのまま使っておるところがこの句の山であります。

やれ打つな蝿は手をする足をする　一茶

蝿打ちをうち上げて、五月蝿い蝿だ一ト叩きにうち叩いてやろうとするのであるが、よく見るとその蝿が前の足を重ねてすり合しておる、また後ろの足を伸ばして、同じく拝むが如く摺り合しておる。考えて見れば同じく生物である。前足をすったり、後足をすったりすることも何か意味があることであろう。見て居るうちに人間が手を合わせているのと同じように見えてくる。否それよりも無心の蠅の動作に却って哀れが生じて来る。一撃に叩きつぶすに忍びない、まあ打つのを止めてくれ、とそういう句であります。蠅というものに対しても一茶の人情的なところが現れております。「やれ打つな」という俗語がよく響いております。

名月をとつてくれろと泣く子かな　一茶

頑是ない子供が大空の月を見て、あれをとってくれ、とってくれなきゃ嫌だと云って駄々をこねて泣くという句であります。月をとってくれろと泣く子供のことを云ったところが一茶の面目であります。

秋風やむしりたがりし赤い花　一茶

これは幼い子供を亡くした時の一茶の句であります。赤い花があればそれをむしりたがる、それは子供の常でありまするが、あゝあゝその子も死んでしまった。秋風が淋しく吹いておる、その子供のむしりたがった赤い草花は手を触れるものもなくそのままに残っておるという句であります。前の句の「とつてくれろ」というのも俗語でありまして「むしりたがる」というのも同じく俗語でありまするが、それらの言葉が力の強いものとなってこれらの内に働いております。

前の句、この句の如きから一茶の人情的なところは大分内に深く這入っています。前にあげた他の人々の句の如きは人情的な描写でありまして、人情を加味した叙法に重点が置いてあるのでありましたが、一茶の句になりますと、それが深く一茶の心から出ておる、一茶の情を叙べんが為に景色を借りておるというようになって来ております。

一茶という人は直情な人でありまして、開けっ放しに自分の感じを打開ける人であります。そうしてどことなく滑稽味を帯びておる。時には涙をさそうような滑稽味がある。元来正直な人はこの世の中に対して不平が多いものであります。が、その不平がじめじめして陰気なのと、不平は云うてもおかし味があり、もしくはそのおかし味のうちに涙があるものがあります。一茶という人はこの後者に属する方の人であろうと思うのであります。それらの為に一茶の句は全く類の無い一種の句を為しています。たとえば、

老ぬれば日の永いにも泪かな　一茶

年をとるというと、涙もろくなるものであります。人が少し哀れな境遇に陥るということを聞いては涙ぐみ、小さい子供が親に孝行なという話を聞いては涙ぐみというふうに、何事にも涙が先立つものでありますが、春の日が永いということにつけても涙が出るというのであります。あゝあゝまあ日の永いことと歎息して、老いの身を持てあつかって涙を流すといったのでありま

す。この句の如きは春の日永を詠ったものでありますが、それをかく人情的に詠ったところが面白いのであります。また「日の永いにも」という中七字は俗語というではありませんが、俗語の調子を持って来たところはやはりこの時代の特色であります。この時代の特色というよりも、俗語を最も多く使用したものは一茶でありました。それは一茶の句の最も著しい特色を為しております。

辻だんぎちんぷんかんも長閑(のどか)かな　一茶

辻でお説教をしている。阿弥陀さまがどうとか、こうとか云うことを有りがたそうに云っておるが、その坊さんのいうことは少しも意味が通じない、ちんぷんかんで少しもわからない、がそれをとり囲んで多勢の人が聞いておる。何のことかわからずに聴いておる。それが春の長閑な時候である、といったもので、なまじその談議のちんぷんかんでわからぬのを聞いているところが長閑な感じであります。

この句も「ちんぷんかん」という、世俗に用いられている言葉を使っています。

是がまあつひの栖(すみか)か雪五尺　一茶

一茶が諸国を放浪して、遂に故郷の信州の柏原に帰ったとき、出来た句であろうと思います。

信州でも柏原あたりは最も雪の深いところでありまして、冬になると家の軒を没するような、五尺ほども雪が積もる。さてさてここを死場所とせねばならん一生の栖であるが、雪が五尺も降り積むことであるという意味であります。雪を諷詠するというよりも寧ろその身の境遇を嘆いたというような極めて人情的な句であります。「これがまあ」というような俗語をつかってその俗語の力で人情的な味わいを出しているところに注目しなければなりません。

町住や雪を溶かすも銭がいる　一茶

これもその柏原のことをいったものでありまして、柏原などでは、家根に雪が積もったじぶんには雪下ろしといって、家根の雪を下ろすことがしょっ中あるのでありまして、それにも人夫を傭ったりして金がかかるのでありましょうし、また柏原はとにかく町のことでありますから、往来の人の便利を計らなければならぬので、どうかした時に雪を解かす、柏原という町は、その町の真中に川が流れているのでありまするが、或いはその川の中に雪を投げこんで溶かす、そういうことをするためにも人夫がかかって金がいる、ということを云ったのでありましょう。これも物入りがたくさんかかる、貧乏世帯ではとてもやり切れないという意味が言外にあるのでありまして、やはり人情的な句であります。「銭がいる」という終り五字は俗語でありまして、それが力強く働いています。

下々も下々下々の下国の涼しさよ　一茶

これもやはり柏原のことをいったもので、そういう、冬は雪の沢山に降り積むという土地であるし、そうでなくても山国で何かと不便なことが多い。まことにつまらぬ国だ、「下々も下々」といったのはそのつまらぬ国ということを言葉を極めて云ったのでありまして、更にまた「下々の下国」と云ったので更につまらぬ国といったのでありますが、しかしながら只取得は夏の涼しいことであるというので、江戸などに較べると山国のことであるからいかにも涼しい、それが取得であるということを云ったのであります。下々も下々というようなことも俗語をうまく斡旋して云ったものであります。

以上一茶の句を調べて見ますというと人情的なということが一番に認められるのであります。花鳥を諷詠するのと同時に人情を詠うということが一茶の句の特色になっておるのであります。俳句で人情を詠おうとすると多くの場合俗悪で鼻持ちのならぬものとなるものでありまするが、これが一茶になると、俗悪と排斥することの出来ない俳句となっております許り(ばか)か、立派な一茶一流の句となっています。

これら一茶の句も花鳥諷詠詩であることは申すまでもありませんが、純粋の花鳥諷詠詩であると見るには余りに人情的であります。だから花鳥諷詠詩として見る場合は蕪村時代に較べていくらか逆転した傾きがないでもありません。しかし人情的な花鳥諷詠句としては今迄にない新しい特色を出しております。

一茶の句が世間に特にもてはやされ、特に文学者仲間に評判がいいのはこの人情的なところにあります。

梅室、蒼虬時代

芭蕉時代を元禄時代、蕪村時代を天明時代、とも申しますごとく、梅室、蒼虬の時代をまた天保時代とも申します。元禄、天明の時代は俳諧史上不滅の光を放っておる時代でありますが、天保時代に至っては堕落暗黒の頽廃時代であります。その代表者が梅室と蒼虬の二人であります。

梅室　桜井梅室は加賀金沢の人、京都に住んで京都に歿しました。闌更の門人であります。性質が放胆で親切で人に愛せられたということであります。

湯屋の嚊人見下して御慶かな　梅室
人ならば笑ひざかりや春の月　同
爰折れといふ節のたつ蕨かな　同
手にとればはやにこ〳〵と売雛　同
雪をれを健気に隠す若葉かな　同
寝た人に会釈してかゝるうちはかな　同
えぼし著た心でくゞる茅の輪かな　同

蜻蛉のおさへつけたり鮓の圧　梅室
給はれといひよくなりぬ十日菊　同
膝だせとすゝめる榾の馳走かな　同
百合いけるく人や小首をゆりの花　同

というような句を作ってよろこばれておったのであります。翻って同じ梅室の句でも、

春寒し荒神松の深みどり　梅室
海苔の香や障子にうつる僧二人　同
立てに行く案山子大勢送りけり　同
冬の夜や針うしなうて恐ろしき　同
背高き法師にあひぬ冬の月　同
ばせを忌や伊賀の干そばみの、柿　同

などの句を見ますれば、全然俳句精神を喪失してしまっていたとも思われないのでありますが、当時の俳句界全体の風潮はこれらの句の進路を封じてしまって、反って前の如き種類の句の方向に押し進むことに夢中になっていたのであります。惜しむべしとしなければなりません。嘉永五年十月一日歿。年八十四。

蒼虬　成田蒼虬も梅室と同じく加賀金沢の人で、やはり闌更に学び京都に住んだのであります。蒼虬は一句をなすにもひどく綿密で入念で、「俳諧遅吟日本第一なるべし」と威張っているのでありますが、いくら遅吟が日本第一でも、妙な所に念を入れすぎた遅吟であるのでありますから致し方がありません。梅室は「名人は蒼虬」といって賞嘆しておったということでありますが、自ら「上手は梅室ならん」といっておったといいます。

鶯や隣まで来て隙のいる　蒼虬
小橋まで歩行て来たり朝がすみ　同
脈とって見るや花の夜只ひとり　同
筋違に飛くせのあり杜宇　同
馳走した其後は来ぬ鹿子かな　同
月ひとつ野に捨てある踊かな　同
もの言ぬ柱によりて今朝の秋　同
しづかなるものを丸めて秋の月　同
一まはりちいさく出たり後の月　同
牛に物言うて出て行く夜寒かな　同
二つの江尻眼にかけて初しぐれ　同

散ほどのちからは見えず帰り花　蒼虬
ひと廻しまはしてあたる火桶かな　同

かくの如きものが蒼虬得意の句であったのであります。

三日月や土なぶりせし手のかわき　蒼虬
花少し散るより萩の盛りかな　同
此里も年寄多しかんこどり　同

などやや正道に近いものもあるにはありますが、世の中の人は最早それらの句には興味を持ち得ず、従って蒼虬、梅室もまた所謂(いわゆる)月並調に邁進したものと思われます。

梅室、蒼虬の外に田川鳳朗(ほうろう)という人がいますが、その俳風は更に低俗であって、改めて説くほどのものではありませぬ。

これら月並宗匠者流の弊風は引いて明治に及びました。それを打破して蕪村、芭蕉への復古の大旗をひるがえしたのが明治の正岡子規であります。

やつと来た元日がたゞ一日かな　鳳朗
夜に入にもひとつほしき初日かな　同

春の月若う見られに歩行(ある)きけり　同
春雨のうれしさうなり池の水　同
惜しさうな白魚うりの手つきかな　同
蚊帳(かや)のうち足手の捨場なかりけり　同
声捨よ〱ひろはん不如帰　同
朝がほの気遣ふほどに傾(かし)ぎけり　同
日につれて縮まりもせぬ糸瓜(へちま)かな　同
水鳥や兵(つはもの)追ひし顔もせず　同

梅室、蒼虬時代概観

この時代のことは前に支麦時代にも一茶時代にも言った如く、所謂(いわゆる)、俳句堕落時代の特徴である自然現象を詳しく鋭く観察するということをしないで、ただありふれた現象に俗情を移してそれを面白おかしく吟詠するという手段にのみ力を尽くすという弊が益々(ますます)著しくなって来るのでありります。所謂感情を移入することにのみ専(もっぱ)らであって、自然の観察をおろそかにする所から起る弊害であります。俗情に堕するということは最も警戒を要さねばならぬ所でありますが、それが堕落時代になりますと、反って人々によろこばれるようになるのだから致し方がありません。前の一茶はその点に於て独往邁進、自己の特別の境地を拓いた点を偉いとしなければなりませんが、而(しか)も蕪村歿後の俳壇は総じてこの自然の観察を怠り、ただ人間の感情のみを詠おうという傾向のみが顕著であったのであります。明治の俳句復興に至って俄然、自然観察ということの方に鉾先が向けられて今日に来たことを牢記せねばなりませぬ。（「一茶時代概観」参照）

子規時代

ここでは主として子規を中心として勃興した明治時代の俳句に就て申し述べましょう。

子規時代と申しましても、子規がはじめて俳句革新の第一歩をふみ出したのは明治二十五年、彼が『日本新聞』に入社した時を以て期とすることが出来るのでありますから、彼が歿した明治三十五年までは僅々十年の間に過ぎないのであります。しからば子規以前の明治の俳句界はどうであったかと申しますと、天保以来の堕落調は依然としてその相貌を革めず、老鼠堂永機、其角堂機一、春秋庵幹雄、雪中庵雀志等という宗匠達がおりました。これは改めて説く必要を認めませぬ。また子規と前後して俳句の新運動を起したものに、伊藤松宇の椎の友社があり、大野洒竹、醒雪、瓊音等の大学派から成る筑波会があり、角田竹冷、紅葉、松宇等の秋声会があり、或いはまた紅葉の紫吟社があり、中にも秋声会は『読売新聞』に拠って一時子規の日本派（『日本新聞』に拠ったためかくいう）に相対した観が無いでもありませんでしたが、それは外観のみでありましてたいしたものではありませんでした。

明治の俳句を知るには『新俳句』と『春夏秋冬』を一読することが必要であります。

子規　正岡常規又ノ名ハ処之助又ノ名ハ升又ノ名ハ子規又ノ名ハ獺祭書屋主人又ノ名ハ竹の里人

伊予松山ニ生レ東京根岸ニ住ス父隼太松山藩御馬廻加番タリ卒ス母大原氏ニ養ハル日本新聞社員タリ明治三十□年□月□日死ス享年三十□月給四十円

これは子規が生前自分で書いておった碑文であります。明治十六年笈(おい)を負うて上京、同十八年はじめて俳句を作りました。二十二年、二十三の歳はじめて喀血して以来子規と称し、二十五年十一月、日本新聞社入社、鳴雪、碧梧桐、虚子等を相前後して俳句界に送り出し、二十八年春、日清戦争従軍記者として金州に向かい、帰国の船中喀血して、爾来取りかえしのつかぬ病気の人となってしまったのであります。三十年になりますと一月、郷里松山で俳句雑誌『ホトトギス』が発刊され、五月、「俳人蕪村」を『日本』に掲げはじめました。これによって子規の面目はほぼ確立したといってよいのでありまして、蕪村の真価はここにはじめて発揚されるに至ったのであります。この年の十二月には蕪村忌を修しております。

明治三十一年は『ホトトギス』東漸の年であります。これは明治の俳句界に一新紀元を画したものであります。以来子規は病床にあって呻吟し罵倒し、『日本』に依って怒号し激励し、『ホトトギス』に拠って叱咤し、鞭撻し、三十五年九月十九日の歿時に及んだのであります。この間、厖大な『俳句分類』を編輯し、短歌の革新をさけんだ業績は共に没することが出来ませぬ。

糸瓜(へちま)咲て痰のつまりし仏かな　子規

痰一斗糸瓜の水も間にあはず　同

をとゝひのへちまの水も取らざりき　子規

これをその絶筆として輝かしい生涯を終ったのであります。三十六の一生は決して長いとはいえませぬが、その遺した仕事は永く不滅の光彩を伝うるものでなければなりませぬ。

初芝居見て来て曠著いまだ脱がず　子規
梅檀のほろ〳〵落つる二月かな　同
長安の市に日長し売卜者　同
あたゝかな雨が降るなり枯葎　同
石手寺へまはれば春の日暮れたり　同
春の夜や局女の草双紙　同
宇治川やほつり〳〵と春の雨　同
会の日や晴れて又降る春の雨　同
さそはれし妻を遣りけり二の替　同
汐干より今帰りたる隣かな　同
山道や人去て雉あらはるゝ　同
すり鉢に薄紫の蜆かな　同
手に満つる蜆うれしや友を呼ぶ　同

崖急に梅こと〴〵く斜なり　同

赤門を入れば椿の林かな　同

悼静渓叟

其まゝに花を見た目を瞑(つむ)がれぬ　同

連翹(れんげう)に一閑張(いつかんばり)の机かな　同

山吹や人形かわく一むしろ　同

紫の夕山つゝじ家もなし　同

喜人見訪

韮剪つて酒借りに行く隣かな　同

カナリヤの餌に束ねたるはこべかな　同

仏を話す土筆(つくし)の袴剝きながら　同

萍(うきくさ)や池の真中に生ひ初むる　同

椎の舎の主病みたり五月雨　同

旅亭

夕立や雨戸くり出す下女の数　同

薫風や千山の緑寺一つ　同

夏嵐机上の白紙飛び尽す　同

絶えず人いこふ夏野の石一つ　同

夏川や中流にしてかへり見る　子規

五女ありて後の男や初幟　同

地に落し葵踏み行く祭かな　同

日曜や浴衣袖広く委蛇(いだ)々々たり　同

夏羽織われを離れて飛ばんとす　同

早鮓や東海の魚背戸の蓼(たで)　同

山風や桶浅く心太(ところてん)動く　同

山の池にひとり泳ぐ子胆太き　同

夏引(なつびき)その乱れや二十八天下(にじふやてんか)　同

淀川の大三日月やほとゝぎす　同

病中即事

眠らんとす汝静に蠅を打て　同

まひ〳〵は水に数かくたぐひかな　同

三千の兵たてこもる若葉かな　同

夕暮やかならず麻の一嵐　同

いちごとる手もとを群山走りけり　同

長き夜や障子の外をともし行く　同

陰暦八月十七日元光院

琵琶一曲月は鴨居に隠れけり　同

塀こけて家あらはなる野分かな　同

野分して蟬の少なきあしたかな　同

赤蜻蛉筑波に雲もなかりけり　同

法隆寺の茶店に憩ひて

柿くへば鐘が鳴るなり法隆寺　同

つりがねといふ柿をもらひて

つり鐘の蔕（へた）のところが渋かりき　同

或日夜にかけて俳句函の底を叩きて

三千の俳句を閲（けみ）し柿二つ　同

はり〱と木の実ふるなり檜木笠　同

団栗（どんぐり）の落ちずなりたる嵐かな　同

隣からともしのうつるばせをかな　同

湯治廿日山を出づれば稲の花　同

日のあたる石にさはればつめたさよ　同

のら猫の糞して居るや冬の庭　同

小夜時雨上野を虚子の来つゝあらん　同

鶏頭の黒きにそゝぐ時雨かな　同

病中

いくたびも雪の深さを尋ねけり　子規

あちら向き古足袋さして居る妻よ　同

目さむるや湯婆（ゆたんぽ）わづかに暖き　同

草庵

薪をわる妹一人冬籠　同

鳴雪　内藤鳴雪も子規と同じく松山の人であります。本名素行。俳句は子規の導きによるものでありますが、年齢に於ては大先輩でありまして、子規も「先生」と呼んでおりました。作家というよりは寧（むし）ろ論客で、漢学の素養もあり哲学を愛好し、子規やその他の人々と俳論を始めるととどまる所を知らないという有様でありました。しかしまた一面、諧謔家で、句会などでは一流の洒落を飛ばしたりして人に敬愛されました。大正十五年二月二十日歿。行年八十。

たゞ頼む湯婆一つの寒さかな　鳴雪

これが最後の句であります。

元日や一系の天子不二の山　鳴雪

古道に梅の一枝の余寒かな　同
鶯に朝飯遅き下宿かな　同
踏青や裏戸出づれば桂川　同
大妓小妓起き出て牡丹日午（にちご）なり　同
鳥啼いて寒食の村静なり　同
我声の吹戻さる、野分かな　同
初冬の竹緑なり詩仙堂　同
炭焼の顔洗ひ居る流かな　同
凩（こがらし）や磯にとび散る青松葉　同
大蕪小蕪さては赤蕪我老（おい）矣（たり）　同

子規時代概観

この子規時代の花鳥諷詠の精神というものはいかなるものであるかということを申し陳べます。蕪村も芭蕉時代に帰る事即ち復古を叫んで、遂に特色の有る蕪村時代の俳句を作り上げたのでありますが、また、子規も同じく俳句の復古を唱えて蕪村時代を蘇らせて、今日に来たのであります。けれども子規時代の句は蕪村の華麗闊達なものは欠けて、寧（むし）ろ質実平淡なものが多いのであります。唯純粋の花鳥諷詠の句であるということは著しいことであります。

長き夜や障子の外をともし行く　子規

秋の夜長の頃でありまして、自分は家に居りますと、その家の人が手燭を持って障子の外を歩いて行った、という句であります。只それだけの句でありますが、この句の裏面には、極く物静かな家であって、ひっそりとして話し声もしない、只家人が、何か用事が有ったのであろう、手燭を取って障子の外を過ぎて行った、その灯影が障子に映った、その主人公も黙ったままその灯影の動いて行く方向を静かに見送った、というので退屈なような何事も起らない家に、僅かにあった出来事が注意をひいたという、それらの複雑な景色なり、感じなりが想像されるのでありま す。前の一茶時代、梅室、蒼虬時代の句とは、全く天地が変っていて、句のうちに人情を叙したというようなことは殆(ほとん)ど無く、只、事実あった景色だけを叙した句であります。

陰暦八月十七日元光院

或る僧の月も待たずに帰りけり　子規

これは或る年の旧暦の八月十七日に、上野の元光院で月見の会を開いたことがある、その月見の会に参加した時の句であります。八月十七日と云うと、立待月という位で月の出が稍々(やや)遅い、大勢の人は月の出を待って居るのであるが、その中の或る一人の坊さんは、その月の出を待たずに用事が有ると云って帰って行ったという句であります。この句も洵(まこと)に単純に或る坊さんが月の出を待たずに帰って行った、というだけを云っておるのでありますが、然しこの句の後ろには、大勢の人が寺に集って、歓談しながら月の出を待って居った、が、その中の一人の坊さんが寧ろ月などに頓着が無く、さっさと自分の用事の為に引揚げて行ったという、その月を待って居る集団の心持と、その坊さんの心持の相違して居るところなども現れて居て複雑な感じも窺われている句であります。

琵琶一曲月は鴨居に隠れけり　子規

これも同じく元光院の月見の時に出来た句でありまして、平家琵琶を弾く一人の老人が来て平家琵琶を弾いた。一座の人は皆静かにその平家琵琶を聴いて居る中に、何時の間にか月は上って一曲を弾き終る時分には鴨居に隠れて仕舞った、と云う句であります。これも只そのままを云った句でありますが、その場合の情景がよく出て居ると思います。

柿くへば鐘が鳴るなり法隆寺　子規

この句も法隆寺の茶屋で柿を食って居ると、ゴーンと鐘が鳴った、と云う只それだけの句であります。が、茶屋に腰掛けて休んで居る旅人の面影が想像が出来、その法隆寺の鐘の音を懐かしむ心持も現れ、同時にその境の静かな心持も出て居ると思います。

つり鐘の蔕のところが渋かりき　　子規

これは、つり鐘という柿を或る人から貰った。喜んでそれを食べた時の句であります。そのつり鐘の蔕のところが、少し渋かったと云う単にそれだけの事を叙したのでありますが、その柿を食った時の興味が遺憾なく出て居ります。

総て子規の句は、こう云った、一見単純平凡に見える句に面白いのがあります。決して単純平凡でなく、味わう程滋味の深いものがあります。

明治大正俳諧史概記

子規時代を記述するに当って、子規、鳴雪の二人は著者の先輩であり、共に古人となった人でありますから概略これを記述しましたが、碧梧桐以下のことに就いては著者は自らその渦中に居る一人でありますからこれを記述する上に種々の不便を感ずるのであります。だからここには明治大正の俳壇の概況を附記して多少これを補足するにとどめます。

宗匠　明治二十年前後から新文芸興隆の気運が動いて来て、坪内博士の『小説神髄』というものがまず公刊され、『妹と背かゞみ』、『書生気質』などいうものが相前後して出で、眠っておる文壇に警鐘を叩きました。それから次いで紅葉、露伴などが出て明治文学というものの華が咲くようになったのでありますが、凡そ気運の動く時というものは各般のことにそのひらめきが見えるものであります。既に明治十五年に『新体詩抄』なるものが外山正一、矢田部良吉、井上巽軒など、その頃の新知識に依って刊行されて、詩壇の為めに暁鐘を撞いております。

俳句というものはまだ発句と称して宗匠の手にありました。その頃有名であった宗匠は、老鼠堂永機、雪中庵雀志などでありました。老鼠堂は其角の系統をひいているもの、雪中庵は嵐雪の系統をひいているものであります。これらの宗匠というものは、禅坊主の系統のようなものでありまして、代々その弟子のうちの有力なものが跡を継いで、その門葉を統べて今日に来たものであります。すべて封建時代の余風を受けていて、師弟の間の約束というようなものはなかなか厳格のものであったようであります。その宗匠の作句の技倆などは今日から見れば問題でありませんが、しかもその門葉に対しては絶対的権力を持っていて、恩威並び行われる（？）というふうでありました。されば創作上の問題よりもその内部の社会組織の上に重きが置かれていたようであります。今日でも役者とか芸人とかいうものの上に行われているような組織が宗匠の上にも存在していたようであります。否現にまだ宗匠と云われるものは全国に無数に存在しております。それら宗匠の間にもやはり当年の遺風がいくらか存在しているようであります。

しかし宗匠なるものはその文学的功績から云えば全くゼロであります。永機や雀志にしてからが何ら見るべき作物は残さなかったといってよい。これはしかしながら永機や雀志その人のみを責めるのは酷であります。時代がいまだ目覚めなかったという事を考えねばなりませぬ。ただ伝統を受け継いで先人の遺業を守っておればそれで宜いとされた時代であったのであります。彼等は古人以外に自己を跳躍させようというような考えは初めから毛頭無かったのであります。

正岡子規　正岡子規は大学予備門から東京帝国大学に学びました。その同級に尾崎紅葉、山田美妙などがいました。新しい文芸の運動はおのずからそれら新人に俟つところがあったのであります。美妙、紅葉などは子規よりも一歩先んじて文壇にうって出ました。その行動には華々しいものがありました。子規も当時小説を書こうと思って「月の都」一篇を脱稿したことがあります。が、子規はこれを書いて見て自ら小説家でないと云うことを自覚しました。これより先子規は漢詩をつくり、和歌をつくり、また俳句を作っていました。なかでも俳句には熱心であって、その頃大学の図書館にあった乏しい俳書を渉猟して古俳句を分類蒐集し始めました。これが近年『分類俳句全集』として出版されたもののはじまりであります。常磐会寄宿舎というのは旧藩主の経営しておった学生の寄宿舎でありましたが、そこで子規は共に同宿していた新海非風、五百木飄亭、その寄宿舎の監督であった内藤鳴雪、並びに子規の従弟であった藤野古白などと共に俳句を作っていました。これらの人々は何れも子規に促され導かれて俳句を作っていたものであります。

これより先子規は郷里の松山に帰省した時分に、そこの宗匠である其戎という人に俳句を見て貰ったことがありました。子規の作句は、後年子規が月並俳句として罵倒したところの月並宗匠の感化をうけることが多かったのであります。ところが非風以下の人々になると月並宗匠の感化をうけることが少なく、或いは絶無であったため、思うままのことを十七字に述べていて何ら拘束されることがありませんでした。子規はこれらの人々を指導しながらも却ってこれらの人々に感化さるるところが多かったのであります。郷里の中学校に学んでいた河東碧梧桐、高浜虚子の二人は遥かに子規に教えを乞いました。蓋し二人の目的は小説にあったのでありますが、二人は子規に勧められてまた俳句を作りました。かかる状態のもとに子規の身辺に一変化が起った、これがやがて文壇に一大革命を呼び起す動機となったのであります。

『日本』入社　子規は大学を止めました。そして日本新聞社に入りました。日本新聞社長陸羯南は、子規の叔父加藤拓川の友人であるという縁故からでありました。子規は終始羯南の庇護を受け、羯南はまた子規の才を愛重しました。

二十五年の夏から子規は已に『日本』紙上に俳話、古俳人の品評並びに俳書の批評と云うようなものを掲載しておりました。これが実に惰眠をむさぼっておった俳壇の警鐘となったものでありました。

けれどもそれは所謂宗匠という側ではなかった。宗匠という人々は、書生が何を云うかと云った調子で、何らその言を顧みようともしませんでした。その警鐘に目ざめかけて来たものは子規と同じく書生でありました。子規が『日本』紙上に俳句を掲げるに至って、幾多無名の書生が句を寄せてその教えを乞うに至りました。

小説に携わっておる人々、例えば尾崎紅葉、幸田露伴の如き人々もまた俳句を作りました。しかしこれらの人々は畢竟余技として楽しみ半分に作るものに過ぎませんでした。只紅葉は晩年熱心に句作に努力したということであります。師弟の礼がやかましく俳席の秩序など厳格なものがあったとかいうことであります。

俳諧　椎の友なる一団体は伊藤松宇を盟主として、片山桃雨、森猿男等の団体でありました。子規がこれらの人々と交遊をはじめたのは明治二十六年のはじめでもありましたろうか。二十六年の三月に『俳諧』と称える雑誌がこれらの団体の人々の手によって創刊されました。子規も大いに助力しております。それは僅かに二号を刊行したばかりで廃刊になりましたが、宗鑑の『犬筑波集』や鬼貫の『ひとり言』並びに素外の『俳諧手引草』などが載せてあるほか、子規の古俳句の分類並びにその友人の俳句が載せてあります。

『小日本』　明治二十七年に『日本』の分身である『小日本』という新聞が刊行されるようになりました。子規は選ばれてこの新聞の編輯に当ることになりました。子規は五百木飄亭と共に寝食を忘れてこの新聞に鞅掌する傍らまた俳句を鼓吹することを忘れませんでした。『小日本』の校正として雇用された佐藤紅緑、石井露月二人もまた俳句を作るようになりました。その他福田把栗、梅沢墨水等の投句家が輩出しました。同年に碧梧桐、虚子もまた高等学校を中途退学して上京しました。俳句の会合も漸く盛んならんとしました。

秋声会、筑波会、「俳諧文庫」　角田竹冷を盟主とする秋声会なるものが組織されました。尾崎紅葉らもその一員であったかと思います。大学に筑波会なる会合がまた組織されました。これは大野洒竹等大学に籍を置いているものの会合でありました。

洒竹は後年医学士となった人でありますが、しかも生前俳書を集めることに熱心であって、俳書蒐集の先鞭をつけた人であります。大学の角帽を被りながら浅草、湯島の古本屋をあさり廻って古俳書を手に入れたものであります。後年博文館が「俳諧文庫」を刊行し古俳書を翻刻するに当ってその蔵書も用を為す事が尠くありませんでした。その「俳諧文庫」の第一篇の附録には内田魯庵の『芭蕉庵桃青伝』があり、その第二篇の附録には洒竹の『俳諧略史』がありました。


俳壇の革新　二十七年二月に創刊された『小日本』はその年の七月に廃刊されました。子規はまた『日本』に復帰して、同時に紅緑らも日本新聞社員となりました。これより先五百木飄亭は看護卒として日清戦争に従軍しました。

子規は二十八年の三月に先輩友人の止めるのをも聞かず従軍記者として従軍しました。五月帰国の船中に於て喀血し、しばらく神戸の病院、須磨の保養院、郷里の松山などに保養し十月東京に帰りました。

この子規の喀血ということは、再び俳壇の重大な事実として記憶せねばならぬこととなりました。

子規の蒲柳の質を以て従軍を敢えてした志は、如何なる理由にあったのか忖度するに苦しみますが、要するに子規は四方の志を抱いておった人と云って宜かろうと思います。明治維新の後をうけて、青年の志が多く天下国家の上にあった時代でありますから、子規の志もまた想像するに難くありませぬ。「曰く、会計あたるのみ」という孔子のように、子規は何事でも自分の前に横たわって来たことには全精神を傾けて忠実に励精するのが常でありました。だから新聞記者になれば新聞の事に忠実に、また戦争が起れば国民の一員として忠実にその職務につくというような考えがあったのでありますが、しかも窮極するところは大いなる功名にありました。が、一たびはげしい喀血をして余命幾許もないことを悟ってからは、遂に専心俳壇の革新を促すことになったのであります。

『俳諧大要』『俳人蕪村』　その郷里松山に在る頃から稿を起してその年一ぱいに脱稿した『俳諧大要』なる一篇は、その名の如く俳諧の何物であるかということを説くのが目的でありましたが、要するに自分の唱える俳句の道はかくの如きものであるということを明らかにしたものであります。子規の俳句に於ける大著の一と云って差支えないものであります。続いてまた明治二十九年『俳人蕪村』の稿を終えました。それは子規が俳人蕪村を縦横に品隲して、その真価を明らかにしたものであります。これより先宗匠たちが神さまの如く一指も触るべからざるものとして尊敬していた芭蕉の句を評論したことはあります。が、今蕪村を地下より起し来って芭蕉に比較し、積極消極の美を論じ、客観主観の句風を明らかにしたあたりは、前人未発の議論として俳壇の注意を呼び起すに十分でありました。たしか同年であったかと思う、岡野知十という人が『東京毎日新聞』紙上に子規一派の俳句を評論したことがあります。子規一派を蕪村派と呼ぶようになったのもたしかこの知十がはじめてであったかと思います。とにかく俳人蕪村もまた『俳諧大要』と共に子規の主張を明らかにするところの大著と云って差支えありません。後年ホトトギス発行所から俳諧叢書を出版するに当ってまずこの『俳諧大要』と『俳人蕪村』を選んだことは偶然ではありませぬ。

『ホトトギス』創刊　明治三十年の一月、伊予松山で柳原極堂(やなぎはらきょくどう)の手によって雑誌『ホトトギス』が創刊されました。これは子規が、二十八年の秋松山に帰って、夏目漱石の仮寓に同居して病を養って居ったとき、極堂等数人が朝暮子規のもとに出入りし俳句を学んだことがありました。その一団体が松風会の名のもとに後年まで会合をつづけておりました。自ら地方新聞を有しておった極堂はその活版職工を使って雑誌を編むことに便宜がありました。それらの理由から遂に俳句雑誌『ホトトギス』を創刊することになったのであります。子規、鳴雪、飄亭、碧梧桐、虚子などが東京より草稿を送ってこれを援助しておりました。翌年の八月、二十号まで続刊しましたが遂に廃刊する運命に至りました。

『新俳句』　三十一年のはじめに『新俳句』が刊行されました。これは子規が『日本』に選抜して載せた俳句を、北里病院の患者として入院して居った、碧玲瓏(へきれいろう)、三川(さんせん)、東洋の三人が編輯して、子規の許しを受けて、更に子規の選抜を乞うて刊行したものであります。

『ホトトギス』続刊　明治三十一年の十月に、虚子の手に依って、『ホトトギス』を東京に上せて続刊することになりました。これより以来、子規派の俳句はこの『ホトトギス』を中心とするようになり、世間の耳目を集めるようになりました。子規病み、虚子病み、多難な月もありましたが、碧梧桐等これを助けて滞なく続刊することが出来ました。

俳書刊行　明治三十一年、虚子著『俳句入門』が刊行されました。これより先、明治二十九年より雑誌『日本人』誌上に俳話を連載した、それを纏めて一冊となしたものであります。

明治三十二年に碧梧桐著『俳句評釈』が刊行されました。『猿蓑』を評釈したものであります。

同年松宇著『中興五傑集』が刊行されました。蕪村、暁台、蓼太、白雄、闌更五人の句を集めたものであります。

また水落露石の手によって『蕪村遺稿』が刊行されました。『蕪村句集』に洩れた蕪村の句を輯めたものであります。

『蕪村句集講義』もまた刊行されました。これは『ホトトギス』創刊以来、子規、鳴雪、碧梧桐、虚子等が論講して『ホトトギス』に掲載したものを輯めたものであります。

俳書の刊行漸く多くなっております。

俳句雑誌（一）　加賀の大聖寺から上田鳴球等によって『むし籠』と称える俳句雑誌、静岡から加藤雪腸等の手によって『芙蓉』という雑誌、大阪から青々、月斗によって『車百合』と云う雑誌、石井露月、島田五空によって秋田県能代から『俳星』という雑誌、京都から亀田小蛄の手によって『種瓢』という雑誌などが続出しました。
また秋声会から『卯杖』という雑誌が出ました。

『春夏秋冬』 明治三十四年に子規の手によって『春夏秋冬』春の部が発刊されました。これは『新俳句』以後、『日本』紙上に載せられた子規の選句のうちから更に優秀なものを選んだ句集でありまして、『新俳句』に亜つぐ子規系統の句集と云ってよいのであります。夏の部以下は子規の手に依って編輯せらるるに及ばずして子規は歿しました。後年、碧梧桐、虚子が共選してその欠を補いました。

『獺祭書屋俳句帖抄』 明治三十五年、『獺祭書屋俳句帖抄』上巻を出版しました。これは子規の句稿「寒山落木」の中から子規自ら選抜して刊行したものであります。が、下巻を出すに及ばずして子規は歿しました。

子規歿す 明治三十五年九月十九日、子規は遂に歿しました。鳴雪、碧梧桐、虚子、鼠骨そこつ等幾多の俳句の友人、門弟子、並びに伊藤左千夫、香取秀真ほつま、岡麓ふもと、長塚節等幾多の歌の門人に守られその棺は田端大龍寺の塋域えいいきに葬られました。墓碑の表は只「子規居士之墓」と題するのみであります。文字は陸羯南の筆であります。

子規は『ホトトギス』を東京に移して以来、『古池の句の弁』、『蕪村と几董』、『俳諧無門関』、

『俳句新派の傾向』、『俳句の初歩』、『幻住庵のこと』、『牡丹句録』、『蕪村寺再建縁起』等を書いて俳壇を教えるところが尠くありませんでした。

子規の俳風は漸く天下に普く四方その風を望んで立つものが多かった。宗匠輩ははじめから声をひそめてその鋭鋒に当ろうとするものはありませんでした。また子規と俳風を異にする人々であっても、別に論陣を張ってこれと争おうとするものもありませんでした。俳句界は殆ど子規に統一せられたと云ってもよかったのであります。

『日本』の俳壇　子規歿後『日本』の俳壇は碧梧桐がこれを受継いで新俳人の陶冶に努めました。

頭角を現わす人々　明治三十七年年頃から岡本癖三酔、小沢碧童、中野三允、柴浅茅、松根東洋城、大須賀乙字、高田蝶衣、喜谷六花等は頭角を現わして来ました。

『連句論』　明治三十七年の九月に虚子は連句論を発表しました。これは子規以来連句は非文学として排斥せられ来ったものをまた一種の文学なりとする論でありました。鳴雪、碧梧桐がこれを反駁しました。

『俳体詩論』　虚子は続いて『俳体詩論』というものを発表しました。夏目漱石はこれに同じ、しきりに俳体詩を創作しました。

碧梧桐の日本遍歴　明治三十九年の八月から碧梧桐は大谷句仏の勧めに従って日本国中俳句遍歴の旅に上りました。年を閲すること三年有半、その句風に自ら新傾向の名を冠しました。一時この新傾向は俳壇を風靡し去りました。

『三千里』『三千里』と称える書物が明治四十年に書肆から出ました。これは碧梧桐の旅行記を一冊に纏めたものであります。その旅行記ははじめ『日本及日本人』誌上に連載されたものであります。

『新春夏秋冬』　明治三十一年以降『国民新聞』の俳壇は虚子がこれを担当していましたが、主としてその『国民新聞』の俳句を材料として、明治四十一年、東洋城の手に依って『新春夏秋冬』が出来ました。

『日本俳句鈔』　明治四十二年、碧梧桐の手によって『日本俳句鈔第一集』が刊行され、大正二年、その『第二集』が刊行されました。後年の自由詩になろうとする傾きは既にこの時に萌していると云って宜いのであります。が、まだ十七字詩形、季題という二大約束を破壊するまでには至りませんでした。

新傾向　碧梧桐の新傾向句というものは再三変化を遂げて、遂に十七字という形を破り、季題を無視するに至りました。これより先、『試作』という雑誌を出していた中塚一碧楼は早くこれを試みていました。

碧梧桐は嘗てその新傾向運動について人に語ったことがあります。新傾向運動は破壊運動である。古きものを破壊して何物かを生み出そうというのがその精神である。何物を生み出すかは未だ頭の中にないのである。只古いものを破壊すればそれで第一の目的を達したことになるのである、と。

碧梧桐はその自由詩をはじめは俳句と称えておりましたがこの頃は詩と呼んでおります。

新傾向に反対す　虚子は一時専ら写生文に没頭し、小説をも述作しましたが、後、著しく健康を害した為め小説の筆を絶ち、大正二三年ころからまた専ら俳句のことに携るようになりました。そうして専ら碧梧桐の新傾向に反対しました。これから俳壇は二つに分れて、碧梧桐の新傾向に賛同するものと、虚子の主張に追随するものの二つとなりました。

「雑詠」　明治四十一年の十月から殆ど一年のあいだ、「雑詠」という欄を設けて、『ホトトギス』誌上に虚子選の俳句を載せました。虚子が俳壇を退くと共にこれを廃して居りましたが大正元年八月から再びこの「雑詠」なるものを載せはじめました。村上鬼城、渡辺水巴、飯田蛇笏、原石鼎、前田普羅、西山泊雲、野村泊月、岩木躑躅、田中王城、原月舟、池内たけし、島村元　等より近くは水原秋桜子、阿波野青畝、山口誓子、高野素十、後藤夜半、川端茅舎、松本たかし等みなこの雑詠欄で名を成した人々であります。

婦人の作家　婦人にして俳句を作るものは元禄時代にも相当ありましたが、大正時代になって著しく増加しました。

『進むべき俳句の道』　大正七年十月、虚子の『進むべき俳句の道』が刊行されました。これはその名が称する如く進むべき俳句の道を説いたもので『ホトトギス』多年の投句家、水巴、鬼城、零余子、月舟、普羅、石鼎、蛇笏、泊雲、躑躅等を評論したものであります。

『故人春夏秋冬』『乙字俳論集』　大須賀乙字は『故人春夏秋冬』なる書物を著わしました。乙字は評論を以て俳壇を警醒することを意とし、頻りに評論を発表しました。これを輯集したものに『乙字俳論集』があります。

俳句雑誌（二）　松瀬青々は大阪に於て雑誌『倦鳥』を、青木月斗は同じく大阪に於て雑誌『同人』を出し、大谷句仏は京都に於て雑誌『懸葵』を出し、臼田亜浪は東京に於て『石楠花』を出し、松根東洋城は同じく東京に於て雑誌『渋柿』を出し、籾山梓月は雑誌『俳諧雑誌』を出し、星野麦人は雑誌『木太刀』を刊行して居ります。

蛇笏は雑誌『雲母』を発行し、石鼎は雑誌『鹿火屋』を発行し、禅寺洞は雑誌『天の川』を発行し、泊月は雑誌『山茶花』を主宰し、王城は雑誌『鹿笛』を主宰し、普羅は雑誌『辛夷』を主宰し、清原枴童（かいどう）はじめ福岡に在って雑誌『木犀』を主宰して居りました。

長谷川零余子は虚子を離れて雑誌『枯野』を出していましたが病の為め夭折、原田浜人（ひんじん）は虚子と意見を異にして雑誌『すその』を主宰しております。室積徂春（むろづみそしゅん）ははじめ零余子を助けて『枯野』に力を尽くしていましたが後に去って自ら雑誌『ゆく春』を出しております。

内藤鳴雪その他　内藤鳴雪は遥かに子規の先輩でありまして、前に云った如く常磐会寄宿舎の監督として子規等を監督する地位にあったのでありますが、遂には子規の感化を稟（う）けて俳句を作るようになり、子規の先輩でありながら、俳句の道に於ては子規の友人でもあり子規の門下生でもあると云ったような立場にあって、碧梧桐、虚子などと轡（くつわ）を並べて作句にいそしんだのであります。が、後年は何人（なんぴと）にも党せず、総（す）べての人の尊敬を受け、自ら俳諧幼稚園の保姆を以て任じました。その門下には渡辺水巴、松浦為王（いおう）等があります。水巴は雑誌『曲水』を出し、為王は雑誌『俳人』を出しております。

夏目漱石は正岡子規の友人としてまた俳句を作って居りました。

藤井紫影、田岡嶺雲もまた子規の友人として句作しました。

相島虚吼（きよこう）、永田青嵐（せいらん）等もまた子規時代からの俳人であります。

矢田挿雲は子規の門下生の一人でありまして雑誌『千鳥』を主宰しています。

篠原温亭もまた明治三十年時代からの俳人でありますが、嶋田青峰等と共に雑誌『土上』を創刊しました。病の為めに倒れました。そのあとは青峰がこれに代って主幹しております。

荻原井泉水は碧梧桐と同じく十七字季題という約束を全然破壊して一種の自由詩を唱道して雑誌『層雲』を出して居ります。そうして何処までも俳句という名前に執着を持っています。

中塚一碧楼は試作を出して居た時代に、早く自由詩を試みていましたが、現に『海紅』を出しております。

以上名を挙げたものの外、坂本四方太、数藤五城、渡辺香墨、吉野左衛門、梅沢墨水、大谷繞石等の已に故人になった人々、佐藤肋骨、村上霽月、中村楽天、歌原蒼苔、赤木格堂、柴浅茅等の現存せる人々を数えることが出来ます。尚その他に多くの人々があるでありましょう。

『日本俳書大系』　書肆春秋社は日本俳書大系刊行会を起し、勝峰晋風編輯のもとに大正十五年、『日本俳書大系』全部十六冊を刊行しました。荻原井泉水これに解説を附しました。

『子規全集』『分類俳句全集』　書肆アルスは大正十三年、『子規全集』を刊行しました。主として寒川鼠骨監輯のもとに柴田宵曲等これを編輯しました。

同じく子規の遺著なる『分類俳句全集』もまた鼠骨監輯のもとにアルス社から出版されました。但しこれは昭和三年のことでありますから少し不穏当ではありますが序でに記して置きます。

昭和時代

なお昭和時代は間近く眼の前に現前しておる時代でありますから、これを記述するには複雑多岐を極め且つ煩雑混迷を来すおそれがありますからここには省きます。

扨てこの六七年前私は、俳句は花鳥諷詠の文学なり、という事を唱えました。爾来今日に及んで居ります。別に新しい発見、と云うのではありませんが、然し、俳句は他に何の目的も無く只単に花鳥諷詠をする文学である、と新たに意識したと云うことは、俳句の立場を明らかにして他の数多い種々雑多の文芸の中に在って、その存在の意識を確かにしたものであると考えるのであります。同時に今後俳句の進む可き道を明らかに示して迷うことなからしめたという点に聊か取柄があろうかと考えるのであります。

今迄も芭蕉や、蕪村や、子規や乃至一茶や、またずっと遡って守武、宗鑑の如き迄、その作る処の俳句はやはり花鳥諷詠の文学であると申しましたが、これは現在から遡ってそういう風に解釈したのでありまして、詰り新しい生命を古い俳句にも附与した、とそう云っても宜いのでありいます。花鳥諷詠と云う言葉はそれ等の時代に存在しなかった許りでなく、花鳥諷詠の文学だと云う意義をも、それらの人々は心得て居なかったのでありましょう。然し私は敢えて、俳句は花鳥諷詠の文学なり、と云う新しい解釈の許に立って今後の俳句界に立とうと考えるものであります。また、その新しい信念の上に立って、新しい力を得、新しい発達を遂げるものと信じて居るのであります。

近頃の句を四五句例句を挙げて見ましょう。

大堰(おほせき)やひろ〲落つる春の水　泊月

川の中に大きな堰(せき)がある。その堰を春の水がひろびろゆったりと落ちて居ると云ったのでいかにも春水の汪洋として落ちて居ると云う模様が描かれています。この句の如きは茫漠として、只大きく広やかな感じであります。この作者の感じが茫漠として大きい、それが対象物を得て句の上に現われておるのであります。

甘草(かんざう)の芽のとび〲の一ト並び　素十

春さきになって草の芽が出る。その草の芽の中でも甘草の芽は目立って見える、が、その甘草の芽だと気の附いたものを見ると、とびとびには生えて居るが一と並びにずっと続いて生えて居る、と云ういかにも甘草らしい物の芽の様子を描いたものであります。物の芽の生える時分には何時(いつ)も天地自然の道理、四季の運行の不断に行われて居る模様に驚かれるのでありますが、この作者も甘草の芽のとびとびに一ト並びに出て居るのを見て、ああ甘草の芽のかかる様子に芽生えたことよ、と深く心が打たれて出来た句であります。

魚籠（びく）の目を噴き出す潮や夜光虫　耽陽

夜光虫というのは、夜、波打際などに行って見ると燐（りん）のように光って居るものがある、また、船に乗って居る時分に浪を切って進む、その浪の間に光を放つものがある。それは小さい夜光虫というものの群集して居るものの光りであると云うことであります。これは海に浸けてある、魚の入れてある魚籠を引揚げるとその魚籠の目から四方に汐が噴き出して来る、その噴き出して来る汐に夜光虫が光ると云うのでありまして、いかにその景色が怪奇な、また、美しい景色であるかと云うことを想像させます。海岸の人は別に珍らしい景色とは思わないでしょうが、都人士の見た目にはこう映るのであります。

宇治川に映れる山のうす紅葉　たけし

宇治川の両岸には山が峙（そばだ）って居りますが、その山には紅葉が沢山ある。が、この句はそのもみじがまだ充分に紅葉しない薄紅葉の頃を詠じたものでありまして、その宇治の清流にその山の薄紅葉して居る影も映って居る、と云う句であります。この句の調子からその薄紅葉が薄いながらもはっきりと、然（しか）しながら物静かに映って居る景色が想像されるのであります。

ひろぐ〲と刈草のよく乾くこと　立子

刈草が一面に干してある、暑い日が照りつけて居る、見る見る中にその刈草が乾いて行くのがよく判る、とそう云う景色を写したものであります。只、その刈草が烈日の下に干されて、瞬く間にちぢれ上がる様になって良く乾いて行く様子が描かれて居ります。

隠栖に露いつぱいの藜かな　青畝

或る人の隠家がある、その隠家の庭に藜が出来て居る、その藜には露がいっぱい下りて居る、人も訪わぬ隠家であるから藜の露もこぼれずにいっぱいに枝葉の上に下りて居る、とそう云うのであります。隠栖の人の様子も想像されるのでありますが、然しながら、その人の様子を云わずに唯、藜の露を正面から描いて居ります。

子供等に夜が来れり遠蛙　青邨

子供らは昼間は盛んにあばれて遊んで居った、が、夜になると孰れも一室に引込んでおとなしく本を読んだり玩具を出したりして遊んで居る、遠くの方には蛙の鳴声が聞える、昼間の騒々しかったのに引換え、子供らにも夜というものが来たのである、という句であります。子供らは遠蛙の音に別に物淋しいと考えるのでは無いかも知れませんが、然しはたの目から見ると、ひっそりとおとなしくして居るのを哀れにも淋しく感ずる。遠蛙の鳴く音がその感じを助けて物静かに響く、と云うのであります。

御宝前（ごほうぜん）のり出し給ふ閻魔かな　茅舎

閻魔大王を祀ってある閻魔堂のことを云ったものであります。閻魔堂を覗いて見ると、お堂をはみ出しそうな大きな閻魔大王が自分を見下ろして居る、堂よりも大きい様な感じのする閻魔大王が宝前を乗り出しそうな勢いである。宝前というのは閻魔大王を祭ってあるその前をいうのである。いかにも閻魔大王の様子が目に見える様に描かれています。同時にその閻魔大王を見上げた時の作者の驚きの心持が出て居ります。

柄を立て、吹き飛んで来る団扇（うちは）かな　たかし

強い風が吹いて居る、畳の上にあった団扇がその風の為に吹き飛ばされてこちらへ来る、普通ならば柄は重い物であるから柄は下にして吹かれて来るのであるが、どうしたはずみか風の強い為に柄を逆立てて吹き飛んで来た、と云う句であります。この句の中に一種の力が現れて居ると云うことは、作者の頭の中にあった力の現れであります。

花更けて北斗の杓の俯伏せる　誓子

桜の花の咲いておる時分に、夜が更けて今迄大空にあった北斗七星が下の方に傾いた、丁度、北斗七星を杓にたとえて、杓が俯伏せた様になった、とそう云ったのであります。これも「杓の俯伏せる」と云った処が強く作者の心持を出して居ります。
また、一茶の様な滑稽味を帯びた句も有るのでありますが、それすら一茶の句と異って、正面はどこ迄も花鳥諷詠をして居るのであります。

飼犬を甘ったらかす炬燵かな　虚吼

この句は犬を人間の如く取扱って居る、飼犬に目も節もない愛を注いで居る人の様子を云ったものでありまして、冬の寒い時分であるから、犬が鼻をならして膝の上に乗ると云えばよしよしと乗せ、自分が炬燵に当って居るその膝の上に乗せてやる、というように、飼犬の云うなりになって甘やかして居る、と云う句であります。

頬張れる顔を見合ひて夜食かな　暁水

これは、奉公をして居る丁稚等の境涯を云ったものでありまして、夜が更ける迄働いて居る為にお腹が空いて夜食をする、その時の様子を云ったものでありまして、御飯をいっぱいに頬張って居る顔を互いに見合いながら夜食をして居るという事を云ったものであります。哀れなる丁稚共の境涯を詠ったものでありますが、どことなく可笑味の有る句であります。然しその可笑味は内部にひそまって居て、表面はどこ迄も花鳥諷詠の句であります。

以上を以て俳句四百年の大体の歴史を終るのでありますが、これはまことにほんのかいなでの記述に過ぎないのでありまして、説明の仕方の不備な点は無論のこと、優秀な作家を割愛した場合もまたあります。しかしこれで極大体の輪郭はお分りのことと考えます。ここではその大体の輪郭だけ飲み込んでいただければそれでよろしいのであります。実を申しますと、すっかりしらべ上げるということは実に容易ならぬことでありまして、完全な俳句史というものはまだ一つも出来上がっていないといっていいのであります。それはやがて皆さんの手によって完成を待つより外ありませぬ。

四　俳句作法

題詠

題詠というのは、歳時記の中から任意の季題を選んで、それを十七字に諷詠することでありま す。例えば秋雨という題をとり出します。秋雨は薄暗い淋しいものだ、また小寒い悲しいものだ、一つその感じを句にして見ようと考えるのは誰でも一番初めに考えつくことであろうと思います。併し感じを句にしようとするととかく千篇一律なものになり、すでに言いふるされたものを繰り返すことになります。それも上手になって後ならば格別、初心の間は禁物です。

それよりも、かつて自分の遭遇した秋雨の景色、並びにその秋雨の下にあった出来事を回想して見て、即ち頭のうちで秋雨の景色の中をさまよって見て作るのであります。

頭のうちで秋雨の景色の中をさまよって見て、ある景色を十七字に纏めて見ようと試みます。どうしても十七字になりません。その場合は止めます。

他の景色に移ります。その景色を十七字に纏めて見ようと試みます。どうしても十七字になりません。その場合は止めます。

他の景色に移ります。その景色を十七字に纏めて見ようと試みます。それも十七字になりません。その場合も止めます。

そんな風に頭のうちで秋雨の中をたどり歩いて、種々の景色に遭遇して見て、それを十七字にして見て、漸く十七字になりそうな場合は、一途にそこに心をとめて、その景色をなおよく考えて、そこに何物かのあったことを更に思いついたり、また文字を多少置きかえて見たりしてやっとのことで十七字になります。それを手帳に書きとめます。

句会

題詠を一人でやらず、大勢のものが一堂に集まってやるのが句会であります。

一人で句作する場合は、他に自分を妨げるものがなく、静かに専念することが出来るからその方がよいと云う人もあります。が、また句会に出ると互いに励み合う心が生じ、先輩の選句を見て成程と感ずるような場合が多いという人もあります。句会では幾つかの題がでて、一定の時間の間に五句なり十句なりを作るのでありますから、その間は一向専念に、所謂心のうちの景色をさまよいます。

互選をします。これはどういう句を他人が取るか、また先輩が選ぶかを知るためであります。また互選そのものが一つの興味にもなります。

吟行

吟行というのは句を拾いながら山野を歩くことであります。「行く〳〵沢畔に吟ず」といった昔の支那人もありますが、この頃になって吟行ということは非常に盛んになって参りました。写生ということが盛んになって来た自然の結果であり、昭和時代の俳句界を特色づける一つの著しい行動であります。

吟行をすると、自然が目の前に展開して、私達の想像もつかない珍しい景色を次から次へと見せてくれます。私達の心は驚喜して、わくわくして、一々それら自然の姿を眺め、一本の草花でもその茎のなよなよと曲っている容子、乏しい花のあわれな有様に心をとめます。その吟行に出掛ける人の心持は、既に出掛ける時から緊張しているのであります。天然自然に接触して、その天然自然の何らかの新生命を把握して、吾こそ立派な句を作って見ようと志して出掛けるのであります。景色は無論好い景色に越したことはないのでありますが、然し悪い景色であった場合にも必ずしも失望することはないのであります。どんな悪い景色でも、そういう心持を持って出掛けて行った私達には、自然が必ず何らかの新しい現れを以て迎えてくれるものです。甚だしい時になると、私達自身の庭よりも、もう少し悪い景色にぶつかる場合があります。けれども、私達の庭は朝夕見馴れて居るのでその風物が格別の刺戟を与えない。また与えることを予期しても居ない。然しかく吟行に出ると、何らかの刺戟を要求して山川草木に接するのであります。山川草木は姿を正し、形を改めて私達に接する訳であります。私達の心持はまたその物に集中して何らかの新生命をその物から獲得しなければ承知出来ない執着を以てそれに対するのであります。ですから仮令(たとい)その景色はいくら粗末な景色であっても、一本の痩せこけた菊なり、また生気のない芒(すすき)なりであっても何らかを私達に囁くようになるのであります。そこにこの吟行に行って実際に写生をする、ということの本来の使命があるのであります。のみならず、嘗(かつ)て私が或る処で講演した時に云ったことがありますように、この二十人なり三十人なりの人が同時に同じ山野に散らばり同じ景色の前に専心に句作して居るというその態度を見ますと、私はふと殿堂に這入って神の霊像の下に跪拝して居る人の様子を連想するのであります。別に神というものは吟行の人々の前には無いのでありますが、只自然というものに極めて忠実でありまして、その自然の姿を尊重し、微妙な消息を受取ろうと願っている心持は、恰(あたか)も神の前に跪拝して居る人々と同じような消息があると考えるのであります。

吟行は一人でも出来ますが、多くの人の同行する場合が多うございます。一日のこともあり、半日のこともあり、僅々数時間のこともあります。かくして得たる句は、茶店の一間(ひとま)か野寺かを借りて、そこで互選披講します。

吟行というものは「俳句は花鳥諷詠詩である」という主義の下に魂をうち込まれたところの一つの大きな現れであります。俳句は花鳥諷詠に重きを置くものでは無いという考えの人々は、今でもこの吟行というものを軽蔑して居る傾きがあります。それらの人々は私達の眼から見ると悲しむべき迷路に立って居るものと思われますがしかし致し方がありません。俳句は花鳥諷詠の文学なり、という事を強く意識することに依って初めてこの吟行というものの使命が明らかになって来るのであります。吟行は春曇りの時、秋晴の時、何時でもよろしいのであります。炎暑の時分、酷寒の時分、何れもまた結構なのであります。景色の絶佳なる所も好く、景色の悪い所も好く、また気候の如何なる時をも問わないのであります。

題詠、句会、吟行という順序

俳句を作ることは、題詠から出発しまして句会となり、吟行となるという順序でありますが、題詠、句会、吟行が俳句の目的というのではありません。俳句も詩でありますから、吾々の感情をうたうものでなければなりません。が、俳句には季題というものが必要でありますから、その季題を通じて感情を詠わねばなりません。俳句は季題を通じて感情を詠い、また季題の刺戟を受けて感情が躍動する、つまり季題と感情とが互いに相援け合って生れるのであります。題詠とか句会とか吟行とかいうものは、その季題と感情との融合を誘い導く手段に過ぎないのであります。常に感情が動いて季題を求め、季題が働きかけて感情を刺戟しておるというような人は必要がないのであります。が、そういう風にゆかない人は他の刺戟を借りる題詠、句会、吟行等を最も便宜な方法とするのであります。

写生

題詠、句会、吟行を通じて、句作の手法には写生ということを疎かにすることは出来ません。写生は花鳥諷詠の基本を為すものであります。

写生とは実際の景色を見て句作することであります。秋雨の降っている日であれば、縁側か庭か乃至は表に出て、実際秋雨の降っておる中にたたずんだり歩いたりして、目に秋雨の降っておる容子を見て耳に秋雨の降っておる音を聞き、それらの景色を十七字に纏めて見ます。この場合も前の題詠の時と同じく十七字にならぬ景色は打ちすてて、だんだんと新しい景色を尋ねて歩きます。けれども無闇に歩き廻るのは心が散ってよくありません。一つの景色でもじっと見ているうちには、心が澄んで来て、所謂（いわゆる）心眼が明らかになって来て、今迄気のつかなかったものが見えるようになって来ます。そうしてどうやら十七字に纏りかけて来るものです。またじっと見ておるうちには何らかの変化が自然のうちに起って来ます。たとえば一枚の木の葉の落ちるのでも自然の変化です。

　題詠だと、かつて見た景色を回想するのですから、それは頭に強く印象したものが残っている筈です。だから題詠で作る方が選択された景色を詠ずることになっていい句が出来なければならぬという考えも起ります。一面の真理でありまして、人により場合によって題詠の時にいい句が出来ることもあります。けれどもまた、実景に接していますと、瞑想ではとても想像のつかぬ自然の姿が目に映ってまいるものであります。

五　俳句解釈

無精さやかき起されし春の雨　芭蕉

隠逸を旨とした芭蕉にはこういう粗懶(そらん)の境涯を読んだ句もあります。春雨の降る日、何の拘束も無い独り住みのこととていつ迄も蒲団(ふとん)にもぐりこんで居た、そこへ一人の友達が来たかして「未だ寝て居るのか」と無理やりに起された。その無理に起されたという事がまた春日の一興であるのであります。

落ちざまに水こぼしけり花椿　芭蕉

庭に咲いている椿は蠟細工みたような固い花弁をしていて美しい。それを見守っていると突然ぽろりとこぼれ落ちた。その拍子にその花の底に湛(たた)えておった水がこぼれた、というのであります。後になって蕪村に「椿落ちてきのふの雨をこぼしけり」という句がありますが、何も昨日の雨と断る必要はありませぬ。

洒落堂記

四方より花吹入れて鳰の湖　芭蕉

周回七十幾里という琵琶湖は沿岸に沢山の桜があって、その桜が一時に落花する時、その落花は悉く この湖の中に吹き込むのであると、琵琶湖を大観して作った句であります。この洒落堂というのは浜田珍碩という人の別墅で、膳所に在ったのであって、そこから湖の一角だけを望んでも沢山の落花が吹き込んで居る、定めて湖一面に落花の吹き込むさまは壮観であろうと、芭蕉はこの洒落堂を讃美する心持から琵琶湖をしぼって一眸のうちに集めた如く叙したのであります。

くたびれて宿かる頃や藤の花　芭蕉

今日もかなりの道のりを歩いて脚絆も足袋も砂埃に塗れた、折節一軒の旅人宿にたどり着いて、そこを今宵の宿りとしようと思ってふと見ると、前にある小高い山の崖か、もしくは宿屋の軒端に藤の花が紫の房を垂れていて、その藤の花に春の夕日が昃ろうとしている、と暮春の夕の旅情を詠ったものであります。

ひやひやと壁をふまへて昼寝かな　芭蕉

仕事に草臥れた者が疲れ果てて昼寝をするというのでもなく、また、もの持ちの隠居さんが涼しい間を選んで昼寝をするというのでもなく、芭蕉の如き隠逸の人が乏しい生活の中に気任せに昼寝をするのであって、足を伸ばして傍（そば）の壁に足の裏を附けて見ると、ひやひやとして気持が良い、というのであります。

立石寺

閑（しづか）さや岩にしみ入る蟬の声　芭蕉

『奥の細道』の時分に羽前の国の立石寺という山寺に詣って出来た句であります。その立石寺という寺は「岩に巌を重ねて山とし、松柏年旧（ふ）り、土石老て苔滑に、岩上に院々扉を閉て物の音きこえず」云々とある山寺でありまして、蟬の声も岩にしみ入る如く響き渡る、という句であります。

平泉古戦場

夏草や兵（つはもの）どもが夢のあと　芭蕉

『奥の細道』の時分に、奥州の平泉を訪うて高館に登り、昔義経がここで亡びた、その時の事を懐古した句であります。昔は忠勇の武士が枕を並べて討死した所である、今は夏草が茂っている許(ばか)りである、三代の栄華の跡も空しく全く夢の如し、というのであります。この句の如きはただ「夏草や」の五字で景色を彷彿させて居る許(ばか)りであって、下の十二字で切々の情を叙べております。

秋鴉(しゅうあ)主人の佳景に対す

山も庭もうごき入るゝや夏座敷　　芭蕉

秋鴉主人の家の景色の佳いのを賞翫した句であります。その家は山に対しまた大きな庭を控えている、その山も庭もゆるぎ出して座敷に集まって来る如く感ずるといったのであります。動く、という言葉は自動詞であって山や庭にかかり、入るゝ、というのは他動詞であって夏座敷にかかる、文法上からいえばおかしなものでありますが、然しよくその情景が写されております。詩としてはかくの如き破格の用語もまた差支え無いでありましょう。

大風のあしたも赤し唐辛子　　芭蕉

唐辛子は日に日に赤い、朝露が下りても赤いし、日が当っても赤い、また大風の吹いた朝見てもやはり赤い、と唐辛子の赤いことを強調して言った句であります。

海士（あま）の家は小海老に交るいとゞかな　芭蕉

海士の家には小海老を門口や縁側に干している、その小海老に交っていとどがとんでいる、という句であります。海士の家の貧し気な荒涼たる景色が想像されます。

赤々と日はつれなくも秋の風　芭蕉

日はまだ赤々と照り渡って人に情なく暑い。がもう風は秋であって落莫の気もせぬでもない、というので、旅を住み家としている芭蕉の体験を詠った句であります。

一つ家に遊女も寝たり萩と月　芭蕉

『奥の細道』で、とある宿に泊っておるとそこに新潟の遊女が二人同じ宿に泊っていて、「私達は伊勢参宮をしたいと思いますが、淋しい旅で心細く思っております、どうかご一緒にお連れ下さいませんか」といった。芭蕉は素（もと）より辞退したのでありますが、その女達を哀れと覚えて作った句であります。芭蕉が泊った同じ家に遊女も泊った、その遊女と芭蕉は縁無きが如く有るが如き事、恰（あたか）も萩と月との如し、という意味の句であります。詩人芭蕉の心持が宜く汲み取れます。

白露もこぼさぬ萩のうねりかな　芭蕉

萩の花に白露が置いて静かに枝垂（しだ）れておる様を巧みに叙した句であって、白露もこぼさぬように萩の枝はうねっている、というので、露もたわわに、花もたわわに附いている様が想像されます。

夕月や門にさし来る潮がしら　芭蕉

芭蕉は深川におったのでありますから、隅田川の水も潮のさし引きで増減することを充分に知っていたでありましょう。殊（こと）に隅田川の支流である芭蕉庵の前の川などは満潮になるとその潮頭が下流から押寄せて来るところなどもよく見たでありましょう。名月が上がるにつれて下流の方から潮頭が門前の方におしよせて来たというのであります。

敦賀にて

名月や北国日和定めなき　芭蕉

『奥の細道』もいよいよ末になって越前の敦賀に来た時分に、八月十四日の月が大変美しかった。あすの夜の名月もやはりこの様に晴れるであろうかといった所が、宿の主人が「越路の天気は変り易いから明日はどうか判りません」といった。果して名月の晩は雨が降って無月であった。そこで亭主の言葉をそのまま借りてこの句が出来たのであります。

堅田既望

安々と出ていざよふ月の雲　芭蕉

堅田で十六夜の月を眺めた時の句でありまして、出る時は雲のさわりも無く大きな月が明らかにするすると登った、がやがて雲が出てその辺にたゆとうていてなかなかその雲は退かない、というのであります。十六夜の月をいざよいというのは、十五夜に比ぶれば少し遅れて躊躇して出るという意味からでありますが、この句では月が出て後に雲が懸って容易に退かない意味に転化して用いてあります。

まつ茸や知らぬ木の葉のへばりつく　芭蕉

一本の松茸を描いた句であって意味は解かずとも明瞭な句でありますが、笠の上に着いている木の葉の中に一向に見知らぬ木の葉があるという、繊細な処に気を止めた句であります。

爐開や左官老いゆく鬢の霜　　芭蕉

夏の間は爐を塞いで風爐を用いておった茶室に、冬の初めになると風爐を撤してまた爐を開くのであります。その爐開きをする時分には左官を頼むのが例になっておって、毎年その左官がやって来るのでありますが、何時の間にかまだ若かった左官も鬢に白髪のふえておるのが目立たしくなって、「ああ左官も年をとったものだな」という感じがしたというのであります。

金屏の松の古びや冬ごもり　　芭蕉

冬籠りしている人の後ろには金屏が立て廻してある、金屏といえば贅沢な物になっておるのでありますが、それに描かれている松の絵は古びて見える、素よりその金屏も古びたものであります。贅沢な一個の金屏を点出しながら尚物古りた様を描き出しておるところがさすがに芭蕉であると思います。

冬籠り又よりそはんこの柱　　芭蕉

この句もまた芭蕉自身の境涯を詠じた句でありまして、佗人芭蕉は他に家族があるわけでもなく淋しく籠居しがちである。冬籠りしている時分には殊に訪う人も無ければ訪わるる人も無い、唯、庵の柱により添うのが毎日の日課である、する事も無い今日もまたこの柱に倚り添わんか、といったのであります。

あれ聞けと時雨来る夜の鐘の声　其角

嵐雪などの句は判りやすいが、其角の句には判らぬものが尠くありませぬ。この句も一寸判らぬところがあります。景色は冬の初め頃、はらはらと時雨の降って来る夜に鐘の声も響いて来たのであろうと思われますが、「あれ聞けと」の初五字が十分に判りませぬ。強いて解すればこうでありましょうか。時雨がはらはらと音を立てて降って来た、その時雨の降って来たのは、あの今響く鐘の声を聞けと、そう人に注意を与える為に降って来たのだ、とするのであります。しかしまた取りようによっては、鐘が人に警告を与えて、あの時雨の音を聞きもらすまいぞ、とそういったものと解されぬこともありません。或いはまた、「あれ聞け」というのは二三人集まっている席上の一人が、「あれを聞け鐘の音がして来た」とそう言ったので、それは折節時雨の降って来た途端であったという風にも取れます。以上三つのうちで最後の解が穏当かと考えるのでありますが、しかし何れかの解にしましても時雨るる夜に——恰も時雨来る途端に——鐘の音も聞えて来たという光景は一つであります。ただ「あれ聞けと」という初五字の意味が曖昧なのでありますが、その初五字はどう解釈するにしましても、時雨来る夜の鐘の音について作者の打興じた心持は覗うことが出来るのであります。

出代や稚心に物あはれ　嵐雪

嵐雪の句にはこういう優しみのある句が多いといわれております。出代りというのは三月に年季奉公の男女が入り更る古来の習慣でありまして、調度はもとのままながら、そこにいる人間の変ったのを見ると、何となくものになじまぬようなうら淋しい心持がするものであります。それが大人であってもそうでありますが、ことに子供であって見ると、親しみなじんでいた昔のものが去って、なじみの薄い新しいものが来たのでありますから一層もの淋しい心持がします。その上、そのなじみのある昔の奉公人のしみじみと主人に暇乞いをして出て行くのを見ていると、まだ凡ての情の十分に発達していない稚いものでもさすがにあわれを覚える、それをつかまえてこの句にしたのであります。

石女の雛かしづくぞあはれなる　嵐雪

石女というのは妊娠しない子の無い女であります。女として子の無いのは不幸なものとされておる、その石女が雛を祭って何かとそれにものを供えたりなどしておる、それを見て嵐雪はああ憐れだ、子供があるならばその雛祭も子供の為にするのであろうけれど、子供の声のせぬ淋しい家庭に、雛祭をしておるのが見るからに気の毒だというのであります。

尾頭の心許なき海鼠（なまこ）かな　去来

一塊の海鼠が転がって居るのを見て、さても海鼠というものはどっちが頭であるか尻尾であるかということさえも分らない物だ、誠に心許（もと）ない物であると、おかし味を感じて述べたものであります。

湖の水まさりけり五月雨　去来

五月雨が天地を覆した如く際限も無く降り続く、広い近江の湖も水嵩が増した、というのであります。

都にも住まじりけりすまひとり　去来

相撲取りは人中に在っても体格が大きい為によく目につきます。また勝負に負けがつづくと忽（たちま）ち陥落して老ぼれた哀れな力士となって仕舞います。普通の人の職業に較べて派手やかな処もあるが、また哀れなところもあるのであります。その相撲取りはどこか格段な社会があってそこに住まって居るものの如く思っていたのであったがそうでもない、やはり都人に交って住まっていて群集の中でも折々は見かける事がある、という句であります。

筑紫より帰りけるにひみと云ふ山にて卯七に別れて

君が手もまじるなるべし花芒　去来

去来は長崎の生れでありまして、長崎から陸路をとって都へ帰って来る時分に、ひみと云う峠迄その甥の卯七が見送って来てそこで別れた時の句であります。去来は卯七に別れてとぼとぼと独り山路を歩きつつあったのでありますが、振返って見ると一面の花すすきであって、それが吹く風に靡（なび）いておるのが見える許りである、先刻別れる時分に去来も卯七も互いに手を挙げておーいおーいと呼びかわしながら別れたのであったが、ひょっとするとあの芒の中に卯七の手が交っていはしないのか、という、別離、思慕の情を述べたのであります。

中秋の夜猶子（ゆうし）を葬送して

かゝる夜の月も見にけり野辺送　去来

名月の晩に自分の子のようにしておったものが死んだのでそれを葬送した、月を見るといえば特に月見の宴でも催して愉快に月光を賞美するのであるが、今宵は自分は野辺送りをして悲しい憶いを胸に抱いておる一つの愁人である、またかかる夜の月も見ることであるかな、と述懐したのであります。

鉢叩来ぬ夜となれば朧なり　去来

時宗の坊さんが冬になると、鉄鉢に代えた瓢を竹の先に附けてそれを叩いて米銭を乞うて洛の内外を廻ることをする、それを鉢叩きというのでありますが、その鉢叩きがもう来なくなったと思うと月が朧になっておる、というのであります。

箒こせ真似ても見せん鉢叩　去来

芭蕉を落柿舎に泊めた時分に、鉢叩きが来るのを一度は見たいものだという芭蕉の言葉に「鉢叩きは毎晩のようによく来ます」と去来は無造作に返事をしたのでありましたが、偖て待てども待てどもその夜に限って鉢叩きは来なかった、その時に出来た句でありまして、そこに在る箒を持って来い、その箒を鉢叩きの鉢に代えて自分が真似をして芭蕉翁のお目にかけよう、というのであります。去来の、その夜に限って来ぬ鉢叩きを待ち侘びて芭蕉に申し訳なく思っておる様が出ております。

鶏の声も聞こゆる山桜　凡兆

山路を分け入って桜をたずねる、余程山深く分け入った積もりであるが、思わぬ方に鶏の声がする、さては近くに人家が在るのかな、と気が附いた、という桜狩の一興を述べたものであります。

花散るや伽羅の枢落しゆく　凡兆

「山寺の春の夕暮来て見れば」という歌の趣で、寺の庭にある桜花が盛んに散る。夕暮になったので一人の雛僧ががたぴしと伽羅の扉を閉めてやがて枢をコトンと落して行った、最早人影も無く物音も無い寂しい山寺の春の夕暮となってしまった、というのであります。

越より飛驒へ行くとて、籠のわたりのあやうきところどころ、道もなき山路にさまよひて

鷲の巣の樟の枯枝に日は入ぬ　凡兆

越より飛驒へ行くとありますから険岨な山路であって、籠に乗って渓を渡るというような危い所もあったものと見えます。その山路の一方に大きな樟の木が有る、その樟の木の枯れている枝

の先に鷲が巣をつくっておる、鷲の巣というようなものは素よりかかる深山でなければ見られぬ処の物である。丁度その鷲の巣のある樟の枯枝の方に当って、今、日が落ちている所だというのであります。目の前に鷲の巣を見るというような事は物凄い景色ではありますが、遅々たる春日がそこに沈みつつあるという光景は心ゆく許りの景色であります。

禅寺の松の落葉や神無月　凡兆

禅寺はよく掃除が行き届いておるものであります。神無月、即ち旧暦の十月に或る禅寺に這入って見ると、一点の塵も止めぬ如く綺麗に掃かれた大地の上に、僅かに松の落葉がしておる、というのであります。神は皆出雲に旅立って仕舞われて留守なので、神社は多く落莫の感が深い神無月の頃ではありますが、禅寺ではそういう事に拘らず一塵を留めず住みなしておるというその光景を、僅かに松の落葉を点出した事に依って力強く描写しております。

下京や雪積む上の夜の雨　凡兆

下京といえば京都でも繁華な土地であって店舗が相連なって殷賑を極めている、といっても京都のことでありますから、浪速などと較べては物静かであって町もまた規則正しく出来ております。その下京あたりの光景で、降り積もっている雪の上に或る夜は少し暖かで雨が降ったということをいったものであります。凡兆ははじめ「雪積む上の夜の雨」とだけ出来ていたのでありますが、それに芭蕉が「下京や」と置いたのだといわれております。

ながながと川一筋や雪の原　凡兆

一面に白皚々(がいがい)たる雪の原である。その中を一筋の川が延々として遠く流れ来り流れ去っておる、というのでありまして、大景を展望した句であります。

肌寒し竹伐る山の薄紅葉　凡兆

ある時私は二尊院から祇王寺に行くところの竹林の間の山路を通っていました時、道沿いの藪の中でこつこつと音がしているのをききました。何事であろうとその方を見ると一人の男が竹を伐っているものである事が分りました。折節、その辺の雑木は薄紅葉をしておりました。その時私はこの句を思い出したことであります。

我事と泥鰌の逃げし根芹かな　丈草

この句を芭蕉が丈草出来(でか)されたりとか何とか讃(ほ)めたということであります。この句は根芹を摘もうとして水の中に手を入れると、この処にいた泥鰌が驚いて逃げたというのを、自分がどうかせられるのかと思って逃げやがった、という風に叙したところにおかしみがあるのであります。泥鰌にはよく見る光景を捕えてはいるのでありますが、しかし「我事と」という作者の主観でおかしみをつけているので、まだどこか句に幼稚なところがあることは否めませぬ。

浪花女や京を寒がる御忌詣(ぎょきまうで)　蕪村

御忌詣では正月の十九日から二十五日迄浄土宗の寺院で行われる法然上人の忌日の法会であります。現在は四月に行われる事になっておりますけれども、蕪村時代はもとより正月に行われたものであります。大阪の女の人がその御忌に参る為に京へ出掛けて来た、京は大阪と違って底冷えがして大変に寒い、その大阪の女の人は「京という所は寒い所やなあ」と今更のように寒がっておる、といったのであります。

畑打や木の間の寺の鐘供養　蕪村

向こうに見ゆる木の間の寺では鐘の供養があって、最前からガーンガーンと鐘も響き鳴るし、また参詣人も絡繹(らくえき)と続いて賑かである、が、その賑かなのは遠景であって、こなたは物静かに百姓が畑を打っている、というのであります。

たらちねのつまゝでありや雛の鼻　蕪村

子供が生れて鼻が低いのをよく母親は鼻が高くなれ、といってつまむ、可愛いあまりにそんなこともよくやるのであります。雛さまを見ると美しいお顔ではあるが鼻が低い、これはこのお雛様の幼かった時分にその雛様の親雛様が鼻をつままなかった故であろう、といったのであります。雛に情を移して言ったのであります。

むくと起きて雉子追う犬や宝寺　蕪村

洛外の山崎にある宝寺に行った時分に触目の光景を詠じたものでありまして、その宝寺の境内に一羽の雉子が下りた、するとそこに寝て居た一疋の犬がそれを認めてむくと起きて追わえて行った、というのであります。即景なるが故に力強いのであります。

味気なや椿落ちうづむ潦（にはたづみ）　蕪村

水溜りに一ぱいに椿が落ちているのを見た時分に、蕪村の心に起った詠嘆の情が、味気なや、という言葉に依って現されたものであります。語原より稍々（やや）転化されて用いられています。

ゆく春や逡巡として遅桜　　蕪村

春も末になってもう夏になろうという時分に、早い桜はもうとっくに散ってしまったが、遅い桜は未だところどころに残っておる、そして山蔭の遅桜がようよう散ったかと思うとまた八重の桜が開き始める、といった有様を「逡巡として遅桜」といったのであります。暮春の情景が描かれております。

夕立や草葉をつかむ群雀　　蕪村

沛然と夕立がして来て、あらゆるものを地面に擲(たた)きつけるが如き勢いである、一羽の雀は逃げ場を失って、たよりにならぬ草の葉を摑んでいるという句であります。夕立の大きな力を詠じた句であります。

おろし置く笈(おひ)に地震(なゐふ)る夏野かな　　蕪村

山伏か何かが夏野を通りかかって木蔭に笈をおろして休んで居ると、その笈が少し揺らぐのを覚えた、と同時に身体にも震動を感じた、「ああ地震だなあ」と感じた、という句であります。夏の野の地震を笈を中心にして描き出した処がいいのであります。

行き行きてこゝに行き行く夏野かな　　蕪村

武蔵野とか那須野とかいう野原を旅行するときのことをいったもので、夏草の生い茂って居る処を暑さにあえぎながら行くのであるが、行っても行っても尽きない夏野である、という事をいったのであります。

石工の飛火流るゝ清水かな　　蕪村

石工が石を伐り出して居るのでありますが、その鑿（のみ）が石に当って火が出る、その火が傍（そば）を流れている清水の中に落ち込んでその清水と共に流れるように見える、というのであります。

二人して掬（むす）べば濁る清水かな　　蕪村

清水が僅かに湛えている。一人でむすぶのなら濁さずにむすべるであろうが、二人でむすべば濁るというのであります。かかる野中の清水もあるものであります。

鮎くれて寄らで過ぎ行く夜半の門　蕪村

鮎釣りに行った男が夜更けてもう寝ている家の戸を叩いて鮎を少しやろうと言って置いていってくれた。そのくれていった人の様子、また叩き起された家の人の様子も想像されます。

牡丹散つて打重なりぬ二三片　蕪村

牡丹の美しい大きな花弁が二三片散って重なった、という句であります。只それだけの句でありますが、牡丹の花の荘重な華麗な様が描き出されております。

道のべの刈藻花咲く宵の雨　蕪村

道のほとりに藻が刈って揚げてある。雨が降ったが為にその刈った藻に花が咲いた、というのであります。

丹波の加悦（かや）といふ所にて

夏河を越すうれしさよ手に草履　蕪村

加悦という所はどういう所か知りませぬが、蕪村がそこを旅しておった時分に前面に夏川が横たわっていて橋がない、見ると余り水も深そうにないので、そのまま跣足(はだし)になって手に草履を持ってざぶざぶと河の中に這入って行った、手に草履を持って無造作に夏川を渉るという事が嬉しく思われた、というその時の即興を謡ったものであります。

心太(ところてん)さかしまに銀河三千尺　蕪村

心太が心太つきに突かれて皿の中にこぼれ落ちる時のことを「逆しまに銀河三千尺」という風に漢詩風に極端に形容していった処がこの句の生命であります。それが心太なるが故にそうであります。

西吹けば東に溜る落葉かな　蕪村

落葉がからからに枯れて転がって居る、東から風が吹くと西の塀際に溜る、西から風が吹くと東の木の下に転がって行く、という句であります。如何に落葉を詠じて力有るかが分ります。

な折りそと折りてくれけり園の梅　太祇

春先になって、或る人の庭に梅の花の咲いているのを見て、だまってそれを折ろうとしていると、主人が見とがめて、折ってはいかん、と叱りながらも、やがてまた、そんなに欲しいのならば上げようといって、反ってこたびはその主人が一枝折ってその人にくれたというのであります。

東風吹くと語りもぞ行く主と従者　太祇

主人が従者を連れて何処か野道でも通っている所でありましょう。冷たいが春めいた風が吹いて来る、主人が従者を顧みて「もう東風だ」という、従者も愉快気に「左様です、もう東風で御座います」という、そんな景色をいったものであります。

京へ来て息もつきあへず遅桜　太祇

京へ上って花見をするのでありますが、もう桜は稍々遅れて遅桜の最中でありますので、休む間もなく西山の桜、東山の桜と見て歩く、というのであります。

江を渡る漁村の犬や芦の角　太祇

大きな河がある、その河の畔には漁村がある、その漁村の犬はその大きな河を平気で泳ぎ渡っている、その岸には角芽立った芦の角が出ている、という漁村遠望の画図を描いたものであります。

あり侘びて酒の稽古や秋の暮　太祇

秋の夕暮、物淋しくしょうことなしに酒を飲む稽古を初めた、という句であります。

盗人に鐘つく寺や冬木立　太祇

木立の中にある寺で、その木立も冬枯れて一層淋しさが増している、ところがその寺へ盗人がやって来たので、その急を村人に知らす為に鐘楼の鐘をゴーンゴーンと撞き鳴らすというのであります。隣りにすぐ人家でもあれば声を上げて「泥坊々々」と叫ぶ声で聞えぬことは無いのでありますが、冬木立に遮られている為に急に知らす為め鐘を撞くのであります。時ならぬ鐘の乱打に村人は何か事あることを知って直ちに走せつけるのでありましょう。

五月雨の猶も降るべき小雨かな　几董

降り続いている五月雨が何処やら晴れそうになって来て明るくはなったのであるが、しかも小雨がしょぼしょぼと降っておる。この塩梅だと迚も晴れはしないで、遠からずまたざあと降って来るであろう、というのであります。五月雨そのものの或る場合の光景を描いたもので「猶も降るべき小雨」と言った句法が巧みであります。

水仙にたまる師走の埃かな　几董

師走となると何かと多忙であります。商人はもとよりのこと、普通の家であっても、おしつまって来る程怱忙として日は暮れる、床の間に生けてある水仙――もしくは鉢に植えてある水仙――も、その多忙のために余り顧る人が無く、いつの間にか埃が葉にたまっている、というのであります。

時雨るゝや南に低き雲の峰　几董

時雨がばらばらと降って来たが、南の方は晴れていて、低い雲の峰に日が当っているというのであります。夏ならば中天に伸び上がる雲の峰も、冬のことでありますから南の空に低く立っておるのであって、冬であるのに思いがけぬ雲の峰が立っておるというのが却って物寂しい添景物となっております。

雛の宴五十の内侍酔はれけり　召波

これは大内などで催された雛の宴でありまして、いつもは厳粛な宮中も、今日は雛祭りとて皆うちくつろいで笑いさざめいておる。その中に五十余りの内侍がいたく白酒に酔われてその酔態が殊にその日の興味になって皆の眼にとまった、というのであります。酔態と申しましても宮中のことであり、しかも老官女のことでありますから、下々のものが取乱したような醜態ではないに相違ありませぬ。

栗に飽いて蘭につく鼠捕へけり　召波

初めは庵に蓄えてある栗に鼠がついておったが、この頃はどうしたものか蘭の鉢に附くようになった、栗の時分はまだ我慢をしておったが蘭に附くようになってからもう堪えられなくなってその鼠を捕えたという句であります。蘭につく鼠といったので面白くなっております。

冬籠五車の反古のあるじかな　召波

五車の反古というのは、五つの車に積む程の反古の持主である、というので、もと五車の書という言葉があるのを転じて言ったのであります。冬籠りをして殆ど書斎に蟄居して書きものをしておる自分は何も取得は無いが、まず五車の反古のあるじとも言うべきものであると謙遜したうちにも、また矜持した心持もあります。

又或日扇遣ひ行く枯野かな　暁台

夏炉冬扇という言葉があります通り、冬の扇は必要のないものとなっているのでありますが、それが或る日村里を通っていると、汗ばむ程に暑さを覚えたので、また扇を遣いながら行ったというのであります。「又」の字は夏遣うた扇をまた冬になっても遣ったという意味であります。冬といえば寒いことになっておりますけれども、小春という言葉もありますように、なかなか春めいた暖さを感ずることもありますもので、そういう時に荷物でも肩にかけながら歩いていると相当に暑さを覚えるのであります。それが町中とか山路とかいうので無くて、枯野であるところに、殊に日の周(あまね)く照っている暖さを思わしめるのであります。「又或日」という初五字が働いているのであります。

春雨や食はれ残りの鴨が啼く　一茶

これは春雨の降る時、川辺の料理屋の前の川か、もしくは普通の人家の庭の池か何かに鴨が泳いでいて、があがあ鳴いているけれども、その仲間であった鴨は必要の度々に取って食われたのである、というのであります。即ち現在そこに残っている鴨を「食い残りの鴨」と見るのが一茶一流の主観で、人間の無慈悲を諷刺したのであります。

雀の子そこのけ〳〵御馬が通る　一茶

「下に居ろ」とか「のいた〳〵」とか人払いをして大名の馬が通る。それを見るたびに一茶の眼には憤慨の涙がにじみ出たものでありましょう。この句は雀の子がまだ十分に羽づくろいも出来ずに道の上に下りておる、そこへ大名の行列が来た、「雀子よそこをのいた、のいた、そうしないと馬にふまれて死ぬるぞ」というのであります。子雀に托して百姓などのみじめさを言ったものであります。

餅搗が隣へ来たといふ子かな　一茶

子供が「お隣へ餅搗きが来た」というのはそれを羨しがっていうのであります。それを聞く親は黙って聞き流す外(ほか)は無いのであります。この句の裏面には「貧」という一字が隠れておる、餅を搗こうにも搗くことが出来ない境遇であって、子供にそういう事を言われると、親は益々(ますます)苦痛を感ずる許(ばか)りであります。

初芝居見て来て曠著いまだ脱がず　子規

人に誘われたかして女が珍らしく初芝居を見に行った、華やかな一日の芝居見物、殊に初芝居といえば曾我狂言などが出て一層華やかな感じのする芝居でありますが、その芝居を見て帰った女は家人に芝居見物の晴着を着た儘で今日の芝居の有様を話している、まだ芝居に陶酔しておる心のときめきが納まりきらないものの如く、着替えもせずにその芝居の状況を家人に話している、というのであります。細君の無かったこの作者の一家の事としますれば介抱にのみ没頭して居た妹がたまたま一日許しを得て観に行った芝居の事でありますから、いかにその一日の放楽が楽しいことであったか、晴着を脱がずに暫く話しているという事柄でその心持がよく現われておりま す。

宇治川やほつり〳〵と春の雨　子規

宇治川といえば池月磨墨の先陣争いのことも連想され、また頼政討死の時のことも想い出されます。独り景色がよい許りでなく、そういった特別の連想のある川であります。丁度そこへ行った時分に、天も情あるが如くほつりほつりと春雨を降らしたというのであります。

石手寺へまはれば春の日暮れたり　子規

子規の郷里松山から一里足らずの所に、四国遍路の参詣する札所の一つである石手寺はあります。その石手寺の近くに道後温泉がありますす。恐らくこの句は松山から道後の温泉に入浴して、それから石手寺へ廻った時の句でありましょう。昼すぎから松山を出て、ぶらぶらと野路を歩いて、道後の温泉に一浴して、それからまたぶらぶらと歩いて石手寺に廻った、処が春の日ももう暮れて石手寺に着いた頃は近所の百姓家にもぼつぼつ灯りがともり始めた、という句であります。その頃は電車もなく自動車もなく、俥(くるま)に乗るのは贅沢であるというので、大概の人は歩いて道後の温泉に行き石手寺に参詣したものであります。殊(こと)に日の暮れるということにも気をとめず、唯春日の興に任せてぶらぶらと歩いて行った心持が出ております。

会の日や晴れて又降る春の雨　子規

何か会をして居る日に美しい春雨が晴れたかと思うとまた降り出すというのであります。会衆も物静かな人々であって、晴れた時分はぼつぼつ庭に出る者もあるが、降り出すというと縁に上がったり座敷に坐ったりして居ることも想像されます。

すり鉢に薄紫の蜆(しじみ)かな　子規

ただこれだけの句でありまして、擂鉢の中に薄紫の色をした蜆がある、というだけの句であります。が、静かな台所にその蜆の置かれてある事を中心にして、その厨(くりや)の状況、春の朝(あした)の長閑(のどか)な状況などにだんだんと拡がりを持って来ます。

山吹や人形かわく一とむしろ　子規

恐らく粗末な泥人形か何かが筵(むしろ)の上に沢山乾してあるのでありましょう。春もやや暮れ方になって日の照りもかなり強くなって来て居る、その一筵の人形はもう大方乾いたようだ、その庭の一方には山吹が咲いて居る、というのでありまして、泥人形を作る貧し気な家の庭前の即景を描いたものであります。

仏を話す土筆(つくし)の袴剝きながら　子規

或る人が来て何かその人と仏に関した話をしております、が家人が摘んで来た土筆の袴をとりながら話しておるのであります。子規の面影が想像出来ます。

絶えず人いこふ夏野の石一つ　子規

夏野の中に一つの石があります。木蔭もあるし、丁度腰掛けにするに適当な高さなので、旅人はそこに来ると屹度それに腰をかけて休んで行く、殆ど絶ゆることなく旅人がその石に憩うといったのであります。石一つが夏野の生命を握っているような感じがします。

病中師事

眠らんとす汝静かに蠅を打て　子規

子規は絶えず病床に横たわっている病人でありました。昨夜は眠れなかった、今漸く眠ろうとするところだ、どうか蠅を打つにも静かに打ってくれと言う句であります。傍らに蠅を打って看護している人の状況も想像されますし、今眠ろうとしている病人の心持も窺われます。

地に落し葵踏み行く祭かな　子規

これは加茂の葵祭を詠じたもので、葵祭にはさまざまのものに葵をかけるのでありますが、その葵が地に落ちて居る、それを人が踏んで行くというのであります。葵祭を描くにもいろいろの事があるでありましょうが、その葵が地上に落ちていてそれを人が踏むという一事実を捉え来ったところがこの句に清新な味のある所以であります。

正宗寺一宿を訪ふ

朝寒やたのもと響く内玄関　子規

正宗寺というのは松山にある寺でありまして、そこの住職に一宿を訪うた時の句であります。この寺は必ずしも大寺というのではありませんが、松山にしてはかなりな寺であります。朝寒の頃にその寺を訪ねて内玄関の方で松山の士の習いで「頼もう」と案内を乞うた、その声が内に籠ってぼうっと響き渡った、というのであります。寺の森閑とした内玄関の様が想像されます。子規歿後埋髪塔がここに建立されましたが、この寺は先年焼失して烏有に帰しました。

或る日夜にかけて俳句函の底を叩きて

三千の俳句を閲し柿二つ　子規

俳句函の底を叩く、というのは子規の枕頭に備えつけてあった俳句の投稿を入れる函から投稿を取出して悉く見終った、というのであります。句数は三千も有ったろう、その三千の俳句を見終って、やれやれとがっかりして好きな柿を二つ喰べた、という句であります。子規の病床に於ける起居はこの一句によって想像されます。

隣からともしのうつるばせをかな　子規

隣の灯の光が隣境の庭に突立って居る芭蕉に映るというので有ります。隣の人の生活がその火影に暗示されているような心持であります。この隣の人というのは陸羯南（くがかつなん）でありました。

市に得し草花植ゆる夜半かな　子規

子規は草花を愛好して居りました。家人が夜遅く縁日に行って買って来た草花を子規はよろこんで直（す）ぐ植えさした、妹は自ら鍬（くわ）を取り、老母は灯火を縁からさし出して庭に植える、もう余程夜が更けて居るので四隣は闃（ばく）として物音もないというのであります。

のら猫の糞して居るや冬の庭　子規

子規の病室には硝子戸が嵌っておりました。子規は病室からこの硝子戸を透して庭を見ることをせめてもの慰めとして居りました。或る時ふと冬枯の庭を眺めて居ると野良猫が一疋這入って来てまごまごして居ったが遂にその庭の真中に糞をして去ったという句であります。淋しい冬枯の根岸の庭の様が想像されます。

いくたびも雪の深さを尋ねけり　子規

病床に横たわって居る子規の有様が想像される句でありまして、今日は大変に雪が降る、病床に横たわっていながら幾度も雪の深さを聞いた。家人は始めは三寸積もったと答え、次には五寸も積もったと答え、更にもうかれこれ七八寸も積もったろう、と答える。その度に子規は雪の降り積む家に病んで寝ている自分であるという意識を繰返す、というのであります。

草庵

薪をわる妹一人冬籠（ふゆごもり）　子規

子規には一人の妹がありました。それが薪水の労をも取れば看護婦の代りもして居りました。子規はその妹一人をたよりとして病苦にあえいでいました。妹は何でもした、薪をすら割った、というこの詩人の佗しい生活を描いた句であります。

赤い椿白い椿と落ちにけり　碧梧桐

そこに二本の椿の樹がある、一は白椿、一は赤椿というような場合に、その木の下を見ると、一本の木の下には白い椿許（ばか）りが落ちており、一本の木の下には赤い椿許りが落ちておる、それが地上にいかにも明白な色彩を画して判(はっ)きりと目に映るということを詠ったものであります。

地震(なゐふ)って春の沢水溢れけり　青々

地震の為に急に水が噴き出したり、また水が涸れたりすることは随分よくあることでありますが、併(しか)しこの春水は必ずしもその地震が原因というわけでもありますまい。折節地震がゆった、その地震もそう烈しい地震では無かった、野沢の水は春になって一面に充ち溢れているというのであります。こう考えると、地震もまた景色の一つを為すのみで、春の野沢の水の溢れ充ちてある光景に、更に一つの景色を添えたことになるのであります。即ち畏るべき地震もまた、豊かな春の野の一点景物となっているのであります。

城頭の井を晒しけり空は秋　月斗

或る城中の井を晒した。普通の人家の井戸とは違って大きくもあり深くもある。その井戸を晒し終った時大空を眺めて見るともう空は秋らしい色をしていた、というのであります。この井の底の爽かさは即ち大空にも通ずるところがあって、下五字によって晒井(さらい)の爽かさが力強く描かれています。

治聾酒の酔ふほどもなくさめにけり　鬼城

治聾酒というのは社日に酒をのむと聾が治ると言う言い伝えからその日に飲む酒を治聾酒と言っています。そこで自分も聾だからその治聾酒をのんだが、ぱっと酔うたと思う間もなく醒めて仕舞ったというのであります。一時にぱっと酔った時は好い心持であったが忽ち醒めて仕舞ってもとの淋しい聾に戻って仕舞った、という、そこに軽い滑稽を感じます。がこの句を読んで只だ軽みのみを受取る人は未だ至らぬ人でありまして、この表面に出ている軽みの底には聾を悲しむ悲痛な心持が潜在しているのであります。

埋火に妻や花月の情鈍し　蛇笏

花月の情というのは異性の間の情を形容していうこともありますが、これは必ずしもそうではありますまい。また、文字通り花や月に対する風雅心というような狭い意味のものでもありますまい。夫に対し自然に対して文芸に対しすべて濃い情をもっていることをいったものでありましょう。寒い日に埋火に手をかざして妻はぽつねんとしている。何事にも神経の鈍そうな様子をして傍らにある火に対しても冷やかな様子をしている。その時の物足らぬ心持を夫の立場から詠じたものがこの句でありましょう。これは細君の方が人並勝れて冷やかだというようなわけではなく、寧ろ細君が普通の人以上の情を求める夫その人の方が破格に熱情的なのかもしれないのであります。

此巨犬幾人雪に救ひけん　雉子郎

北の雪国などでは雪中に埋った人を探し出すのによく犬を使うことがある、犬はその発達した嗅覚で、雪に踏み迷うた人は勿論、雪中に埋っている人までも探し出すことがあると聞いて居ります。作者はその雪国に在って一疋の大きな犬を見た時に、この巨犬は幾人の人を雪の中から救い出したものであろう、定めて沢山の人を救ったことであろうと、その勇猛な姿に見惚れ且つ獣の人を救うという事に感動し嘆美した句であります。宗教家として積極的に「力」を讃美したものということが出来ます。

北満行吟

郭公や白樺林行き尽きず　橙黄子

「行尽江南……」何とかいう詩があったかと思いますが、それを逆に行き尽きずといったその言葉がこの場合大変よく利いております。何里行っても何里行っても白樺の林であるというような大景は北満でなければ見られぬ景色であって、この大景に郭公また配し得てよいと言わねばなりませぬ。

領土出れば身に王位なし春の風　水巴

帝王の位は人間の第一位と考えなければならず、また王位に在る人の幸福も思いやられるのでありますが、しかし翻ってその位置に在る人になって見ますと、その王位にあることが非常の苦痛で、どうかして暫（しばら）くの間なりともそれを離れて見たいような心持がしないとも限りませぬ。この句は別に王位を退いたものとは見られませぬが、とにかく自分の領土を離れて単に一個の旅人となれば、もう自分の身にはその王位は無くなって、いかにも気軽な一私人となったのである、折節時候は春の事であるから、うららかな春風はその一私人の衣を吹いて心も身ものびのびとする、というのであります。

面体（めんてい）をつゝめど二月役者かな　普羅

二月のまだ余寒の烈しい頃に、一人の男が帽子を眼深に被り首巻を鼻の上から巻き深く面体をつつみ隠しているけれども、それでも役者ということは一見して分る、というのであります。これも「二月の面体つゝむ役者かな」とでもしたのでは調子も平凡になるし、原句の表した意味の半分の意味も表わせないのでありますが、「つゝめど」と言い殊（こと）に「二月」と「役者」とをくっつけて「二月役者」と言ったところに稍々（やや）尋常でない手段があって、その為調子が張って力のある句になって居ます。

淋しさに又銅鑼うつや鹿火屋守　石鼎

夜、田畑を荒らす鹿や猪の来るのを防ぐ為に、山畑に小屋掛けを拵えてその庭では火を焚き、その火かげで彼等を威す上に、更に鐘や銅鑼を叩いてその音でまた彼等をおどすようにしている、その人を鹿火屋守というのでありまして、もともと銅鑼を打つのは鹿や猪を逐う為であるのであるけれども、夜更けて淋しい為め、その淋しさをまぎらす方法としてまた銅鑼をうつというのであります。自分の鳴らす銅鑼の音によって淋しさを忘れようとするのであります。

二階から降り来る月のあろじかな　零余子

明月の晩、そこの主人が二階から降りて来た、というだけのことであります。これも平凡といって仕舞えばそれ迄でありますが、かく叙されたことによって、この二階家の外面の月明、並びに今迄二階にあってその月を見つつあった主の心持までが連想されて、それらを二階からその主人が降りて来たという或る一些事に縛りつけて、軽るがると全体の光景を釣り上げたといったような心持がする、言わば中心を得た叙法であるということがこの句の生命となっております。

羽子板の重きがうれしつかで立つ　かな女

人から貰ったか親から貰ったか、とにかく、重い大きな羽子板の手に入ったことが嬉しくて、その羽子板をさげて庭に下り立ったか、もしくは門口に出たかしたが、しかしそれで羽子をつくというのでもなく、只その手に持った羽子板の重さを感ずることを沁々（しみじみ）と心に嬉しく思っているという少女の心持を言ったのであります。この句の如きは女でなければ味わえぬ心持であるばかりかまた女でなければ実験の出来ぬ事柄であります。

啄木鳥（きつつき）や落葉をいそぐ牧の木々　秋桜子

山深いところに牧場がある、その牧場の木々が落葉するときのある景色を叙したものであります。その深い山には冬があわただしく訪ずれて木が落葉するとなると一たまりもなく落葉する、そこの心地を落葉をいそぐというたのであります。これに啄木鳥を配して、その牧場の冬の始めの景色、並びにその景色に対する作者の感情を十分に窺うことが出来ます。

樺色の頰紅風邪のタイピスト　誓子

風邪のタイピスト、という者に同情を持って句を作るということその事がこの作者の独壇場であります。風邪を引いておっても尚身なりを崩さず、仕事にいそしんで居るというタイピストを想像します。

凍道をカラコロ〳〵と来る子かな　虚吼

「カラコロカラコロやって来をるわい」といって軽く笑うような心があります。その笑うというのは別に可笑しくて笑うわけではない、また軽蔑して笑うわけでもない。元気に歩いているところを勇ましく思うのであるが、これを正面から感心しないで、「やっちょるわい」と笑いを催すところにこの作者の気分があるように思います。この滑稽なユーモラスな点がこの作者の句に通じての特色であります。

焚きつけて尚広く掃く落葉かな　泊雲

広い庭の落葉を掃き集めてその落葉の山に火をつけたのであるが、かく火をつけてしまってから尚お掃き残してある庭の一方の方も広く掃いたというのであります。一方に焚きつけて置きながら、尚お遠方の方を静かに掃くということは事実にありがちなことでありますが、しかしこの作者の或る心持をよく具体化しているとも考えられるのであります。

夏の日を淡しと思ふ額の原　泊月

「額の原」という言葉が出来て見ると何の不思議も無いようでありますが、額の花が原を為している如き続いている景色は珍らしい景色であります。それに山上の夏の日は涼しい為に「淡しと思ふ」というような感じのするものであります。これもそういわれて見ると洵にその通りという感じがするのでありますが、然し「夏の日を淡しと思ふ」とは宜く言った。おおまかに大景を叙した処はこの作者の独壇場であります。

帰省子の次男の奴が赤ふどし　躑躅

この句は帰省した次男の奴が赤い褌をして威張って居やがる、というのでありまして、それが父の眼から見ると、頼母しくも見えるし同時に可笑しくも見える、そこの父の心持を「奴が」という一字で巧みに叙していると思います。また、水泳の方でいえば、泳ぎのうまいものはこの赤褌を許されるというようなこともあるものだそうであります。

遊船に大堰の水の広さかな　王城

「広さかな」がよく利いている、というのは即ち上流の保津の水は狭く急であるのが大堰に来てはじめて広く平かになっているという事が自然連想の上にあるからであります。それに始めに「遊船」にと置いた事もまたこの「広さかな」をよく利かす一原因になっています。遊船があちこちと漕いで遊んでいる、併しながらその遊船は小さく見えるという事が言外に明らかであります。

炉の兄に声尖らして畚を置く　拐童

野良から帰って見ると、別に何をするでもなく炉の側に兄が坐っておる、弟は平生兄に対して不平を懐いていたのであるが、今はその激しい感情を押えきれず言葉にも現してそこに担いで来た畚を放り出した、というものであります。これは弟の方から兄に声を尖らしてものをいいかけたのではなくて、兄が何かいった返事を極く簡単な言葉でしかも、声を尖らして言ったのでありましょう。

町中の辛夷の見ゆる二階かな　花蓑

辛夷の花は目立たしい花であります。その目立たしい花がずば抜けて高く咲いておる、その町を二階から見下ろした時の感じがよく出ております。

大原の小学校も冬休　たけし

この句は作者が大原に行って見て、小学校の冬休みになっているのを見た瞬間に出来た句でありましょう。作者の頭には大原という里に特別な感じを持っていて、京都市中の小学校は勿論冬休みであるが、この大原の里の小学校もやはり冬休みであるなという風に云ったものであります。これを大原の里人に云わすれば当り前の事であって、何も大原の里だけを特別に取扱わるる理由はないと抗議を申し込むかもしれませぬ。しかしそこがこの作者の特別の感じでありまして、大原の小学校が冬休みをしているということに何となく驚きに近い感じを起したということがこの句の力となって居るのであります。

十六夜のきのふともなく照しけり　青畝

「きのふともなく」という言葉は「きのうともなくきょうともなく」という意味になるのでありまして、十五夜の清光は申す迄もないことであるが、十六夜もまたきのうに変らぬ月明であったということを言ったのであります。「きのうともなく、きょうともなく同じ位の月の明るさだった」という意味であります。「きのふともなく」という言葉を使用したところにしをりがあります。

朝顔の二葉のどこか濡れゐたる　素十

朝顔の二葉というものを見て俳句を作ろうと試みた、ただ朝顔の二葉のみであります。その外に何物もない。色々考えわずろうた末に「どこか濡れゐたる」ということに到着して作者の心は躍動した。また朝顔の二葉も俄かに生命を得ました。ただ朝顔の二葉のみを描いて他の何物をも描かないという事が物足りない、という説があるかもしれませぬが、それは間違っております。朝顔の二葉を描いて生命を伝え得たものは宇宙の全生命を伝え得たことになるのであります。鐘の一局部を叩いてその全体の響きを伝え得るのと一般であります。

頬杖のがつくり醒めし暖炉かな　みづほ（在独逸）

この句はよくある昼寝の句とは違って、暖炉の傍で頬杖をついて何か考えて居った場合に、睡るまじきに睡りに落ちたという心持があります。睡るまじきというのは語弊があるかも知れませぬが予期しなかったのに睡りに落ちたという心持が「頬杖に」という文字から推断されます。また姿勢からいってもそう取りみだしては居ない。テーブルの端か椅子の上に肘をついて頬杖をついて睡ったというのでありますから、正しい姿勢とまでは行かないまでも、物静かな様子であることが推断されます。従ってこの人の様子が何か望郷の念か、それでないにしても、いくらか沈思の状態にあった人の如く考えられるのであります。

よろこべばしきりに落つる木の実かな　風生

この句は木に情を持たせた句であって、人が喜んで居ると、木はその喜びの感情を受けて頻りに木の実をこぼす、というのであります。

山さくらまことに白き屏風かな　青邨

この句を読むと山楽あたりの描いた屏風の絵を思い出します。「まことに白き」と言った処がこの句の山を為すところであって、実際の山桜を見た時分はこれほど白くは感じなかったが、屏風に描いてある桜を見ると本当に白い山桜であるという感じがする、それを「まことに白き」と讃美したのであります。画、俳句を通してその山桜は益々真白いものとなって来ました。

いつ来ても夜は朧夜宝塚　耕雪

この句の面白味は一に繫って「夜は朧夜」にあります。句の意味は単純なのでありますが「夜は朧夜」といったが為に、一篇の錦絵となって受取ることが出来ます。

草庵の四方の窓なる柿の秋　野風呂

四方に窓がある、そのどの窓を見てもたわわに生(な)っておる柿の木が見えるというので、柿の木に取り囲まれた或る草庵の様を思わしめる句であります。殊(こと)に下五を「柿の木」といったので、その柿は非常に大きな拡がりを持って、独り草庵を取囲んでいる柿許(ばか)りでなく、日本国中に存在する種類の柿全体を思わしめます。

月すこし虧(か)けたる方の小昏けれ　いはほ

感じの句であって、月のかげている方は少し空が昏いような心持がするといったのであります。こう叙したがために、大空全体は極めて明るいのであるが少し月のかげている方は心持くらく感ぜられるというので、却(かえ)ってその大空の明るい感じが出ている処が面白いと思います。

隼に驚き細る鶲(ひたき)かな　旭川

実際に見た景色かどうかは知りませぬ、併(しか)しかかる景色もあり得るでありましょう。鷹が来たならば諸鳥が音をひそめるということを聞いています。あの美しくかぼそい鶲がおじおそれている様がよく描かれて居ります。

秋雨やボロ馬車で見る新国都　水竹居

何の奇もない、何の巧みもない。而も叙されているところは抜き差しならぬ一光景であります。この作者の文章と一致しております。

春日巫女けふの神楽に藤を挿頭し　圭草

この句は材料とか調子とかいうものに依って作者の感興を詠い得たものであります。殊に春日のかの字、神楽のかの字、挿頭しのかの字、それに同じか行のけふのけの字、巫女のこの字を畳んで来て調子を高朗ならしめた処などは看過することの出来ない処であります。また「挿頭し」と未了に言った処が作者の興味を留めて言い尽くさないような処もあって面白いと思います。

滝の上に水現れて落ちにけり　夜半

この句は滝の流動の姿を描いたものであります。この作者は実際かく見かく感じたことを直叙したのであります。かく見かく感じたところを何ら知識の判断を加えないというところがこの作者の強味であります。雲の浮遊の姿、河水の流動の形などを叙した古来の文章にも増して力強い叙写を敢えてしたものであります。

萩の野は集つてゆき山となる　左右

萩の花の咲いている野原は広く目の前に横たわっておる、そしてその野原の向こうには山が峙(そばだ)っておる、恰(あたか)も萩の花の咲いている野が集まって行って山となったように見えるというのであります。常識で考えると「ように見える」というのでありますが、この作者はこの景色に接した時分に、萩の野が集まって行って山になった、と感じたのであります。殊に「集つてゆき」という言葉にゆとりがある為に、その前の萩の野は広々としていて、その野が順々に集まって行って遂に山になったというその景色がよく描かれております。作者の心に映じた自然の姿がそのままに受取れます。

落穂拾ひ見しより汽車は暮れにけり　爽雨

車窓から外面を見ていると別に日が暮れるという感じがするでもなかった、「ああ落穂拾いが居るな」と思ってそれに心を惹かれた、その時急に暗くなって来たように思った、というのであります。つまり落穂拾いを夕闇の中に見たことを強く印象したのであります。

脚はやき僧に雪嶺あとしざり　静雲

僧に対して雪嶺があとしざるというのは、雪嶺の方に人情味があって僧の方には無いものの如くであります。この句から生れて来る面白味、おかし味は凡（すべ）てそこから来て居ります。

ごくだうが帰りて畑を打ちこくる　月尚

「ごくどう」というのは放蕩息子のことであります。「うちこくる」といううちには軽蔑した意味があります。帰って来て今は畑をうっておるが、あれは本心か、いつまで続くか、という意味があるのでありましょう。この作者一流の叙法であります。

団欒の家に出そめし春蚊かな　清三郎

もう春蚊が出はじめたのかと言ったような心持が出ております。団欒とある為に平和な家庭であることを現わすと同時に、春の蚊の声を聞き咎めたのも一人でないことを想像することが出来ます。その平和なまどいの中に蚊の声がしたということ、蚊の声を聞き咎めたものが一人でないということを現しているところがこの句の巧みなところであります。

ものかげの如くゐざりぬ手（て）長（なが）蝦（えび）　九二緒

忍術の心得のある人の行動を影の如く来り、影の如く去る、といったり、また幽霊の出て来た様子を影の如く現われたといったりしますが、滑稽味もあれば幾分か妖怪味もある手長蝦というものを拉して来てその蝦の動く様、殊に動くといっても前へ進むのでなくて後へ退く様を「ものかげの如く」と形容したのであります。手長蝦という格段な季題を捉え来って縦横に写生したのは手柄だとしなければなりませぬ。

雷や四方の樹海の子雷　念腹

子雷とはよく言ったものであります。実際の景色は大きな雷が鳴ってそれが四方の樹海に反響するのであるか、または大きな雷が頭上で鳴って、それから小さい雷が四方の樹海でごろごろと鳴るのであるか、どちらであるかはわからないのでありますが、然しいずれにしても子雷という言葉を捻出したのは作者の技倆を証するものであります。

短日やばた〳〵閉すみやげ店　播水

只店を閉すというだけなら陳腐であります。が、この句の表わそうとしていることは、旅人という程でなくとも、とにかくその土地の人でない者が或る神社仏閣に行った時出逢った光景を描いたものであります。土産店というようなものは、参詣人が少くなった日暮方になれば、いかにもばたばたと軒毎に店を閉じている感じがその旅人の心に深く印象する、そこを言ったものと思います。

一と晩にかほのかはりぬ暑気中り　暁水

この句を読んでおかしくなって笑うけれども、只げらげら笑うばかりでなく、また真面目な心持に立戻るような所があります。一茶の句などにそういう傾向が多いのでありますが、この作の句は一茶とは異り、一茶のように主観語を用いる事なく、純粋に事柄のみを叙する、その事柄がおかしいから覚えず笑いを発するといったような句であります。やはり昭和の俳句でありますしかもこの種の句になりますと今の俳壇に独歩の概(おもむき)があります。

突いて来る杖さかしまよ十夜婆(じふやばゞ)　諾人

婆さんは真面目に杖をついて居るのであります。逆さということも気付かずに。そうしてそれを見ている作者は微笑をもって見ているのであります。その心持が宜(よ)く出ております。この作者の句は一体に滑稽味の点で優れていまして、この他にも「羽子板を八百定ぽちが噛(か)めるとて」の句がありますが、やはり同じ意味に於て、類を絶して居ります。

水揺れて来て稲舟の現る、　耿陽

「水揺れて来て」とのびやかに叙して、続いて稲舟の現われ来ることを叙したのはよい。何でもない事のようでありますが、「来て」の二字がなおざりに置かれてはいないのであります。

青芦に夕浪かくれ行きにけり　夏山

青芦というのは夏の芦のことであります。水辺に茂っておるその青芦の中に、日暮方波がうちよせて来る、波といっても極めて穏かな波であって、それがだんだんとひだを畳んでその青芦の方によせて来る、水の深いところはそれでもまず波というべきでありましょうが、芦の生えておる岸辺になるというと、殆ど波というべき程のものでなく、唯水の皺という方が適当な位で、それが青芦の中にかくれていってしまう、というのであります。作者の心がこの自然現象に対して、静粛で、敏感で、柔かであることが覗われます。

山の子等花葛がくれ学校へ　漾人

山の子供達は花葛がくれ学校へ行くことは別に不思議とも思わない当り前のことと思っております。しかし都の人から見れば、その子供の当り前のこととしているところにあわれを感じるのであります。

ひろ〳〵と露曼陀羅の芭蕉かな　茅舎

芭蕉の広葉に一面に露の置いている様を詠じたのであります。曼陀羅というのは一面に沢山の仏を描いてある図を言います。その仏の図のように、芭蕉の広葉に露が置いているというのであります。芭蕉の広葉に露の置いているさまが細くたしかに描かれています。

稀といふ山日和なり濃龍胆（こりんだう）　たかし

「稀な山日和だ」というのはその山に住んでいる人のいうことであります。「稀といふ山日和」というのは余所から行った人が、その山に住んでおる人の言葉を聞いて言った語であります。「稀という山日和に来合わしたものではある、地には濃龍胆が咲いている」というのであります。濃龍胆は山晴れを象徴したような花であります。

雲流れ運河は秋の水湛へ　友次郎

運河の水は流れてはいるのであろうが、流れてはいないものの如く湛えておる、それに反して雲は止むことなく動いておる、といったので「水湛へ」と未了に叙したところに「我はゾーにあり」とでもいう作者の抒情があります。

降る雪や明治は遠くなりにけり　　草田男

降る雪に隔てられて明治という時代が遠く回想されるというのであります。情と景とが互いに相助けて居ります。

あちこちと子の行くまゝに木瓜（ぼけ）の花　　あふひ

趣向も面白いのでありますが、それよりも「行くまゝに木瓜の花」という接続し工合がこの句の重点を為しています。あちこちあちこちと子供が方向も極（き）めずにうろうろする、そのあとに親なる人がその子を追うてついて行っているというのでありますが、そこに突如として木瓜の花と出て来た為に、木瓜の花が母親の身替りとなって出て来たもののような感じがします。そうでないことはこの句を一読すればすぐ分るわけでありますが、それにも不拘（かかわらず）何となくそういう風に、木瓜の花が人間の如く活動していつも子供と共に目の前に現れて来る如くイリウジョンを起さす点がこの句の働きであります。同時に木瓜の花は庭の面のそこにもここにも有るのであることを自ずから想像させられます。

山百合の見ゆるほどなる山遠さ　立子

山百合の咲く山がかった処は空気が清澄であります。遠いものも近く見える。殊に百合の花は遠方にあるものも近く見える。その有様をいったのでありますが、この句の面白味はその百合の近さを感じた作者のその感じ方にあります。言葉の使い方がうまい、といってしまえばそれまでありますが、そういう風な言葉を使わしめるその感じ方を指摘しなければなりません。

父の無き子に明るさや今日の月　しづの女

名月のくもりなく照しておるのを見るにつけ、この月が照らすところのものが一人足りないことを痛切に感ずる、というので、この子に父あらばと思う哀切の情懐であります。

稲妻のゆたかなる夜も寝べきころ　汀女

この稲妻は雷鳴の伴うはげしい電光ではなくって、秋になって地平線に唯稲妻ばかりしておる、それでいてその稲妻はかなり連続的に強い光を投げておる、そういう稲妻をいうのであります。しかしその稲妻を「ゆたかなる」と観じたことによってこの詩は出来上がったのであって、この作者のその稲妻に親しんでおる心持が出ております。そういう稲妻のゆたかにしている今宵ももうそろそろ寝る時分だ、というので、その天然の現象に愛惜を感じるが、さりとて強いて執着を持つでもないゆとりのあるところがあります。

東山静に羽子の舞ひ落ちぬ　虚子

東山は描くが如く向こうにある、こちらでは女の子が羽子をついている、羽子は空に舞い上がって、上がり極（き）ったと思うと静かに落ちて来る――この句はその羽子の舞い落ちるということにのみ中心を置いて描いた句でありまして、あの軽い羽子が舞い落ちて来るのではあるが、しかし見ておると今はこの羽子の舞い落ちて来るということが唯一の天地間の動きであって、東山は不動の姿勢でその背景を為しているのであります。東山はかく力の背景ともなれば、また色彩の背景ともなるのでありまして、この句によって京の和やかな羽子日和を想像することが出来るかと考えます。

此村を出でばやと思ふ畦（あぜ）を焼く　虚子

寒村に人と為った青年、このまま空しく朽ちはつべきであろうか、否々自分は為す有るの志を抱いておる、早晩この村を出よう、俊髦（しゅんぼう）の集まっている都会に出よう、そう思いながら野に出て畦を焼いておる、というのであります。

こゝに又こゝだ掃かざる落椿　　虚子

椿の木が沢山あるところを通っておるような場合でありまして、今迄通って来た路にも沢山の落椿があったがここにも別に掃いた様子もなくまた沢山落ちたままになっておるのがある、といったのであります。京の大原に遊んだ時分に実際逢着した景色であります。

貴船奥の宮

思ひ川渡れば又も花の雨　　虚子

貴船というのは京の北山の一部で鞍馬山の横手にある渓谷であります。そこに貴船神社という神社があります。その貴船神社に参詣して更に貴船川という小さい川に沿うてその渓谷を這入って行くとその奥の宮があります。貴船神社も淋しい静かな宮でありますが、奥の宮になると殆（ほとん）ど参詣人もない物淋しい処であります。その渓谷には桜が沢山あります。遥かの峰から落ちる花もあれば道傍（みちばた）に咲いておる老樹の桜もあります。貴船神社に参詣した時も雨が降っていたのであるが暫くすると止んだ、それが奥の宮に行く道に思い川という川が貴船川に流れ込んでいるが、その思い川を渡った時分にまた降って来た、というのであります。思い川という川の名もなつかしく、再三花の雨の降って来るということもまた心ゆくことであります。

白牡丹といふといへども紅ほのか　虚子

牡丹というものは大概赤い花が多いのであります。が、中には白牡丹というものもある、しかしいくら純粋の白牡丹であるといっても赤い色がどこかにほのめいている、とそういったことをいうのも牡丹の花を讃美する心が土台になっているのであります。

百官の衣更へにし奈良の朝　虚子

奈良の朝廷は規模も大きく儀式も荘重に百官の朝観する様も華やかなものであったでありましょうが、それが一時に衣を更えたさまを想像しますと由々しく物々しい、そういう奈良の朝を思い遣ったものであります。

金亀子擲つ闇の深さかな　虚子

金亀子が夏灯を取りに来てぶんぶんと燈下をうなって飛んでいるのはよく見る処であります。その金亀子をつかまえて窓外の闇にほうる、その闇は深く深く際限もなく続いておる闇である、というのであります。窓の外には、一点の灯もともっていない、その庭の闇の深さを描いた句であります。

桐一葉日当りながら落ちにけり　虚子

桐一葉が翩翻として落下する状(さま)を描いたものであります。ふと見ると梢を離れた一葉は日が当ったままでゆるやかに大地に落ちたという、その一葉にのみ心を置いた句であります。

ふるさとの月の港を過(よ)ぎるのみ　虚子

私の乗って居る船は郷里の港に船がかりをした、折節月明の晩であってその明るい光は昔なつかしい山川をも照していた、が多忙な私は上陸することもしないで、すぐその船が出帆するままに次の港を志して行った、という句であります。

蜻蛉(とんぼう)は亡くなりをはんぬ鶏頭花　虚子

蜻蛉は夏から秋にかけてしきりに飛んでいるのが常に目にあった、秋も半ばになっても尚お見受けられた。所が秋の末になって鶏頭が真赤になって庭に突立っておる時分に、ふと気がつくともう蜻蛉は一匹も目にとまらぬようである、あの沢山いた蜻蛉は終に亡くなってしまったようである、というのであります。

手をかざし祇園詣や秋日和　虚子

非常にいい秋日和である、祇園神社に詣ろうと思って石段を上って行く、秋の日は暑い程照りつける、手をかざして日除をしながら石段を上って行く、そんな場合をいったものであります。祇園詣でというのは殆ど成語となっておる如く京都の人はよく祇園に参詣します。その祇園詣でという言葉がもたらすなつかしみのある情緒がこの句の重点をなしております。

菅の火は芦の火よりもなほ弱し　虚子

或る時江戸川の芦刈を見に行った序でに芦火を焚いたことがあります。パッと燃え立ちはするものの燃える力のない火はすぐよろよろと灰になってしまうのでありました。が、その時また或る人が抱えて来たものは芦とも異っておって、それは菅でありました、その菅を芦の火の上に置くとそれもパッと燃え上がりはするものの更に弱い火ですぐ灰になってしまうのでありました。

芦の火も弱い火である、が菅の火は更に弱い火であった、と感じたのであります。

今朝も亦焚火に耶蘇の話かな　虚子

今朝もまた焚火をかこんで五六人の人が居ります。それは毎朝見る光景であります。その中の一人がしきりに基督(キリスト)の話をしております。一昨日の朝もそうでありました。昨日の朝もそうでありました。今朝もまた相変らず熱心にその話を続けております。

遠山に日の当りたる枯野かな　虚子

一面の枯野が遠く続いております。遠方の方には一脈の山が亘っております。その遠山にだけは明らかに日が当っておるのがよく見えます。

解説

真下喜太郎

「読本」というと、普通は、読方教授に使う教科書、つまりリーダーのことになっているようだ。昔からそういうと見えて、俗に「唐宋八家文」と称しているものの本当の名は「唐宋八大家文読本」だ。初学の教科書たるを目的として編まれたのだから、これも一種のリーダーだ。

明治になって「歴史読本」というのが二十四冊出た。少年少女向きに編述した忠臣・孝子・義士・節婦の伝記なのだが、落合直文・池辺義象の二人が新国文で流麗に書いたものであって、史伝とするよりはやはりリーダーといってよろしい。

本書にはその「読本」という名称が附せられていてもリーダーではない。本書の出た頃、谷崎潤一郎の「文章読本」をはじめ「政治読本」とか「経済読本」とか「何々読本」という書名が流行した。それらも皆リーダーではない。まず、初学者の便に供する「教科書」とでもいうつもりでそうとなえたものか。「入門」「手引」「初歩」などといいかえても不都合はなさそうだ。

その心で「俳句読本」と命名されたのだから、一部の人にはややオカッタルイものかも知れない。併し本書をオカッタルイと思う読書人でも、俳句の本質原理を説明している箇所は何遍お読みになっても御損はない。

荒木田守武の「守武千句」の自跋以来、各派、各時代を通じて、俳諧に関する理想・信念を云うものは夥しくあった。その人々の意見・抱負はそれで窺われるのではあるが、例えば、「花実をそなえ、風流にして而も一句ただしく、さておかしく」と書き、(「守武千句」)また、例えば、「まことの外に俳諧なし」と悟る(上島鬼貫「独言」)といった風であって、現代人に示すものとして少々朦朧としている。その上、徳川期のものは俳論書といっても、「四季の詞」や「指合・去嫌」を説くのであったり、他流との論争であったり、つまらない秘事を大切がったり、それも俳句というよりは俳諧(連句)にかたよっている。

本書は、「俳句とは何ぞ」という問題を組織的に闡明しているところに特色がある。恰も坪内逍遥が「小説神髄」を著して組織的小説論を世に問うたのに似ている。

逍遥は英語の novel を「小説」とはじめて訳述した。本書の著者は俳句を「花鳥諷詠詩」と名づけた。

逍遥は、「八犬伝」の勧善懲悪主義が人物を機械化し、仁・義・礼・智・忠・信・孝・悌の化物になったと云い、模写小説(写実小説)こそ一番正しい道を行くものだと喝破した。本書の著者は、俳句の闇黒時代には花鳥諷詠が欠けていたと断じ、観念で作る句を棄てて写生に就けと教えている。

「小説神髄」に似ていると云ったが、また、能楽の大成者、世阿弥元清の「花伝書」にも似ているようだ。

これは舞台芸術の書ではあるが、能の本質的表現を論ずるばかりでなく、日本芸術の固有精神に触れているところ本書の花鳥諷詠論に通うものがある。

彼は能の真髄を「花」の一語に象徴させ、これは俳句の根本精神を「花鳥諷詠」の四文字に要約している。

一方は、能の扮装・演出は原則として写実的であるべしという。他は、「句作の手法には写生ということを疎(おろそ)かにすることは出来ません」と繰返している。

芸術論の傾聴するに足るべきものがなかった時に、世阿弥は、卓抜な見識と周到な経験とを以て舞台芸術の理論及び実際を説いて聞かせた。このことは誰れにも異論はない筈だ。

今この「舞台芸術」の語を「俳句」と置き換えて見たらどうだろう。本書「俳句読本」にぴたりと嵌まるのではなかろうか。

Le style c'est l'homme（文は人なり）というほど文体は文学に大切なものだ。

俳句の伝達の効果は、俳句の文体に係る、俳句の特性を具備したものに限る。

これも書中屢々(しばしば)著者の説くところだ。

俳句というものの統一理念についての認識は本書によって深められる。

（一九五一・九・一〇）
（俳人）

解説　虚子の俳句読本である

西村麒麟

虚子の俳論のほとんどは俳句論と言うよりは俳話という呼称が似合う。それは研究者の評論とは異なり、ひたすら自身の考えを独特の風味のある文体で提示し続けるものだ。そこには、虚子の歳時記における季題の記述や、自身の俳句作品と同等にほのかなユーモアを感じさせる唯一無二の魅力があるように思う。

本書の目次を眺めると俳句とは何か、誹諧史とは何かを教えてくれる俳句入門書のように感じることだろう。もちろんそれも間違いとは思わない。しかし本書の内容を正確に言い表すなら、虚子が俳句をどう考え、俳諧史をどのように判断し評価しているかが記されている一冊だと考える方が、より妥当な評価ではないだろうか。

大正時代に「客観写生」を説いた虚子が昭和の初めに「花鳥諷詠」をスローガンにし、極めて主観的に俳句を語った『俳句読本』と味わうことが楽しい（正しいとは言うまい）読み方と思う。

「この芭蕉時代の俳句は花鳥諷詠という立場から見てどういう位置におかれているかということを申し陳べて見ます。」

このような芭蕉論は、他の俳人や研究者ではけっして書く事は無いかと思う。

ざっくり言うと本書は「虚子が思ったこと」を記した書物である。だからこそ価値があり、読み物としても大変面白い。

本書より前に刊行された一般的によく知られている虚子の俳論『俳句とはどんなものか』『俳句の作りやう』『俳句は斯く解し斯く味ふ』『進むべき俳句の道』がいずれも大正期であることは頭に入れておきたい。

「子規居士時代の俳句ならびに俳句に対する居士の主張と、今日の我等の俳句ならびに俳句に対する主張との上で著しく相違しているのは主観的なることである。」(『進むべき俳句の道』角川ソフィア文庫)の一文からもわかる通り、大正期の虚子には「客観的な俳句」「客観写生」が重要であり、雑詠欄においても積極的に虚子の美意識に適う新進気鋭の作家を世に紹介してみせた。これが大正時代の虚子の力強い動向である。

そして時代は昭和に。昭和三年に大阪毎日新聞主催の講演にて「花鳥諷詠」が説かれ、昭和九年には三省堂から『新歳時記』が刊行された。その翌年に本書『俳句読本』の初版が日本評論社から誕生する。虚子六十二歳の時である。この年は次のような句を詠んだ。

一を知つて二を知らぬなり卒業す　　虚子

かわかわと大きくゆるく寒鴉　虚子

昭和八年に河東碧梧桐が引退宣言をした次の俳壇上のライバルは、水原秋桜子の「馬酔木」のように虚子から独立した新勢力の結社や、山口誓子等の新興俳句運動、吉岡禅寺洞の無季俳句の承認、また荻原井泉水等の自由律俳句運動辺りと見るべきだろう。近代の俳句の歴史は虚子とアンチ虚子によって面白く、より複雑に進化していくと思うと、やはり虚子は大物と言わざるを得ない。俳句作品もそうだが、虚子の俳論、俳話を、どの時代の虚子が書いたものかを理解しながら読むことが出来るのは、我々後世の俳句愛好家の特権であろう。

私の本書におけるおすすめ箇所も紹介しておきたい。

一つ目は芭蕉の弟子である凡兆の評価。「最も偉い作家」「立派な花鳥諷詠詩が数十句あるのであります。」等と作品としては芭蕉以上にも見える賛辞を惜しみなく送っています。さらに注目すべきは次点。

病雁の夜寒に落ちて旅寝かな　芭蕉
海士の家は小海老にまじるいとゞかな　同

『去来抄』における有名な逸話を引いて虚子は、芭蕉、去来が評価した病雁の句では無く、凡兆の評価した小海老の方の句を「純花鳥諷詠」と軍配をあげています。

次に虚子の体験を含めた俳句鑑賞の面白さをぜひ感じて欲しい。特に三章「俳句史」と五章「俳句解釈」における子規、鳴雪に関する人物評を含めた鑑賞は実にあたたかで、血の通った文章という印象を受ける。

「三　俳句史」における鳴雪への言及は短いながらも特に愛情に満ちている。

「子規も『先生』と呼んでおりました。作家というよりは寧ろ論客で、漢学の素養もあり哲学を愛好し、子規やその他の人々と俳論を始めるととどまる所を知らないという有様でありました。しかしまた一面、諧謔家で、句会などでは一流の洒落を飛ばしたりして人に敬愛されました。」

これは鳴雪の人となりだけではなく、子規の周囲がいかに明るい雰囲気であったかを伝えてくれる貴重な紹介文と言えるだろう。

初芝居見て来て曠著いまだ脱がず　子規

子規の妹、正岡律の境遇を語りつつ鑑賞している箇所は、情深く筆を尽くしている印象を受ける。この作品の魅力をこれほど引き出した鑑賞は他に見たことが無い。

特に詩人の書いた文章は、その人の主観を感じさせない場合、全く味気のないものとなる。虚子の俳話は客観的でないからこそ読んでいて面白いのだ。

『俳句読本』は昭和十年十月に日本評論社から刊行。その翌年の昭和十一年、二月十六日から虚子は箱根丸に乗り洋行へ。そのわずか十日後、国内では二・二六事件が勃発する。本書は大正時代の虚子を読むにしても、戦中戦後の虚子を探るにしても、大事な手掛かりとなるだろう。

私の手元にある毎日新聞社刊行の『定本高濱虚子全集』の第十一巻「俳論・俳話集二」は、花鳥諷詠に関する記述の多い重要な一冊となっている。そこには『俳句読本』も入ってはいるが、『俳句讀本』抄であり、残念ながら全文ではない。そのような意味でも本書がこのたび河出書房新社から刊行されることは大変意味があることと思う。

初心者の俳句入門書というよりは、ベテランも充分勉強になる内容に違いない。虚子に興味がある人には、間違いなく必読書となるはずだ。虚子のファンも、アンチ虚子の方々もぜひ手に取って欲しい。個人的には俳句初心者に真っ新な心持で読んだ時の感想を聞いてみたい。

本書を読んで、虚子にますます心酔する人もあるだろう。またその文言を疑いつつ、時にはその主張に憤慨しながら読む人もあるだろう。どちらも本書のよき読者と思う。

私が定期的に読み返すものに角川書店「俳句」昭和三十四年の虚子追悼号がある。この虚子追悼号の特集に、楠本憲吉を聞き手とした、虚子の高弟である富安風生と山口青邨との「虚子翁をしのぶ」という座談会があり、直弟子ならではの語り口が大変興味深い。

山口　だから私は虚子先生に面と向つてもいつたし、講演会でもいつたけれども、先生がおつしやることはわかるけれども、花鳥諷詠なんておつしやるから、損だといつたんですよ。

富安　あんた、直接先生にいつたことがあるの？

これは誤解を招きやすい花鳥諷詠という呼び名を危うんだもの。虚子と弟子達もまた、芭蕉とその弟子と同様にただ先生の言葉にうなずくだけではない心の葛藤や人間ドラマがある。

虚子の俳論や俳話はそれ自体の魅力の他に、それを受け止める人の反応もまた興味深いものである。

明易や花鳥諷詠南無阿弥陀　虚子

（俳人）

＊本書は、高浜虚子『俳句読本』（角川文庫、一九五四年十二月刊）を底本とし（初刊は日本評論社、一九三五年十月刊）、新字新仮名遣いに改めたものです。なお、単行本版も適宜参照し、文庫版で割愛された「五　俳句解釈」冒頭の「無精さや」から「宇治川や」までの七十三句とその解釈は、単行本版に準拠して収録しました。

高浜 虚子

（たかはま・きょし）

1874年、愛媛県、現在の松山市に生まれる。俳人、小説家。本名・高浜清。河東碧梧桐を介して同郷の正岡子規に兄事する。子規の協力のもと、地元の俳誌『ホトトギス』の編集を引き継ぎ東京に居を定め、子規の死後は、句作を離れ、小説を執筆していたが、自由律俳句に傾斜した碧梧桐に対向するため俳壇に復帰する。定型、季題、花鳥諷詠、客観写生の理念を墨守し、『ホトトギス』派の総帥として俳壇に大きな影響を及ぼし、多くのすぐれた俳人を輩出した。1959年逝去。文化勲章受章。句集に『虚子句集』『虚子百句』、小説集に『俳諧師』『柿二つ』、随筆集に『俳句への道』『俳句の作りよう』など、全集に『定本高濱虚子全集』（15巻＋別巻1巻）がある。

俳句読本

二〇二五年 三 月二〇日 初版印刷
二〇二五年 三 月三〇日 初版発行

著 者――高浜虚子
発行者――小野寺優
発行所――株式会社河出書房新社
〒一六二―八五四四
東京都新宿区東五軒町二―一三
電話
〇三―三四〇四―一二〇一［営業］
〇三―三四〇四―八六一一［編集］
https://www.kawade.co.jp/
組 版――有限会社マーリンクレイン
印 刷――モリモト印刷株式会社
製 本――大口製本印刷株式会社
落丁本・乱丁本はお取り替えいたします。
本書のコピー、スキャン、デジタル化等の無断複製は著作権法上での例外を除き禁じられています。本書を代行業者等の第三者に依頼してスキャンやデジタル化することは、いかなる場合も著作権法違反となります。
ISBN978-4-309-03951-0
Printed in Japan